长篇小说 NOVEL

犹太女孩在上海
A Jewish Girl in Shanghai

吴林 著
Written by Wu Lin

上海文艺出版社

目 录

序曲 …………………………………………… 1

一、葱油饼 …………………………………… 7

二、嘱托 ……………………………………… 21

三、咖啡·茶 ………………………………… 33

四、瑞娜的长发 ……………………………… 50

五、天使之死 ………………………………… 59

六、逃亡者 …………………………………… 75

七、端午节 …………………………………… 91

八、索菲亚的日记 …………………………… 107

九、郁金香 …………………………………… 117

十、星空梦 …………………………………… 134

十一、码头来客 ……………………………… 151

十二、苦涩的重逢 …………………………… 163

十三、做客 …………………………………… 172

十四、愤怒的火焰 ……………………………… 184

十五、买药 …………………………………… 202

十六、英雄 …………………………………… 215

十七、小擦鞋匠 ……………………………… 225

十八、原形毕露 ……………………………… 248

十九、承诺 …………………………………… 263

二十、尾声 …………………………………… 276

善良和正义是引领灵魂的曙光

序　曲

　　早就知道这个时刻一定会到来,但是没有想到它竟然晚了整整六十年……

　　让记忆荡涤思念吧,真诚会永远。

2005 年。上海。

　　春天的清晨,黄浦江畔的春风淡淡地吹着,江水层层翻涌,泛起粼粼波光。朝霞的金边勾勒着往来游弋的轮船,勾勒着两岸巍峨的高楼大厦,散发着梦幻一样的耀眼光晕。

　　忙碌的一天开始了。

　　晨曦中,一个外国妇人从酒店正门走了出来……

　　一辆出租车开到她身前,她说:"请送我去虹口区的摩西会堂,谢谢。"

　　她的中文说得缓慢而优雅,以致司机略有些诧异。从车的反光镜中望去,这个外国妇人应该有七十多岁了,头发几乎全白了,枯瘦的脸上坠满皱纹,显得两颊微微下垂着。她的嘴唇有些干瘪,唇色暗淡,印着一圈圈年轮。但是,她的双眼却依然清澈、平和,如同纯净的宝石,蕴含着一种简单却深邃的能量。她伸出手,拢了拢头发。可以看出,她的双手保养得极好,骨架玲珑,十指纤细……

待她坐稳了,车开了出去。"也许,她年轻时是个艺术家吧。"司机暗暗寻思着。

出租车很快开到虹口区的提篮桥。她瞧见石库门弄堂里的灰砖青瓦,在疾掠而过的梧桐树影中若隐若现。屋顶的老虎窗被清晨干净的阳光亲吻着,小小的轮廓,透着温暖。还有一些粉艳艳的夹竹桃,带着无边的春色,从窄小的黑漆铁门的缝隙里,从逼仄的红砖墙的尽头,从爬满青苔的灰色石阶旁,和着小贩叮叮当当的摇铃声,悄悄探出头来……

这一切都牵动着她心中的激动。

出租车停了下来,是红灯。她从后座上直起身,用惊奇的目光透过车窗,继续捕捉着窗外的风景;一条弄堂外的小花圃中,长着一株葡萄藤,它的身上布满了经年的风霜,几近根茎处甚至能看到断裂的痕迹。但是令人称奇的是,一分为二的枝干竟各自长出了茂盛的枝叶,顺着主人搭建的旧竹竿,长出了远胜于前数倍的枝条。枝条和枝条相互交缠着,布满了整个葡萄架子。那青翠的叶子扑簌簌地随着风摇曳着,透着欢乐。

她禁不住地激动起来,自语道:"葡萄藤,上海的葡萄藤……"

一瞬间,回忆将她拉得很远。就在这其中的一条弄堂里,和这里的人们一样,她曾度过了一段倒马桶、烧煤球炉、搓洗衣板的时光。那些艰难却不屈的日子,竟在她的梦里飘了半个世纪之久。她的手心好像紧紧攥着一样东西,有些攥痛了,仿佛想将她攥回现实。

出租车停了……

司机缓缓地转过头,彬彬有礼地提醒:"摩西会堂到了。"

那异国妇人愣了一下,"哦"一声,喃喃地说:"是这里,是这里。"

她理了理枣红色的毛呢长裙,从容地下了车。她表现出来的尊贵、端庄使得行色匆匆的路人对她投来探寻、欣赏的目光,她则回以友好的微笑。在告诉周围的人,她对这里的人们是怀着深情的。

这一刻,春天的和风正轻轻地,丝丝缕缕地吹着,吹得路旁法国梧桐发出窸窣的轻响,如同一群婀娜多姿的少女,在如醉如痴地为这位老人伴舞。

她就这么站到了摩西会堂的门口。

与此同时,上午的阳光拂过翩翩然的梧桐叶子,细细碎碎地洒在摩西会堂门口另一位老人的身上,将那个拄着拐杖男人的龙钟的背影点缀得格外温情。

她就这样看着,看着……她的心在跳跃着,"是梦吗?"她问着自己。一时间有些控制不住了。慢慢地不知不觉地走上前去,抖动着,轻轻地试探性地喊了一声,"阿根?!"

那老先生转过头来……

与这位老人的背影不同的是,他面色红润,胡须整洁,西装笔挺,精神矍铄。他看见她,脸上忽然洒开了大片的阳光,笑意从他的金丝眼镜后折射出来。

半个多世纪的光景从指缝里、从华发里、从皱纹里逝去了,而他的笑容还是那么宽厚。她的眼眶一下子湿润了。

他并不比她镇定,伸出的右手也在微微颤抖。一个声音,好像是从心底发出的:"瑞娜。"

他们紧紧地握着对方的手,像六十年前一样,紧紧地,紧紧地……

摩西会堂的大门就在他们面前,他们此时无言地并肩走了进去。三面被楼宇环抱的院落依旧质朴、安详,角落里栽种着一些并不高大,却是常青的植物。灰色的尖顶洋楼,白色的拱形门楣,神圣的大卫王之星……

他们推门而入，车马喧嚣，已然在一墙之外。

老太太不可思议地望着，终于发出了一声叹息："真没想到，这里还同以前一样。"

老先生也感慨着："是啊，变化的只是我们，我们都老了。"

他们慢慢地走着，脚下的木头地板发出"咯吱咯吱"的声响。老太太忽然笑了，用希伯来语说："虽然我们都老了，可是走在这里的脚步，却是这么轻快。"

老先生默契地接道："以前我们都还是小孩子，但脚步却是那么沉重。"

他们慢慢的边说着话，边在靠窗的长椅上坐了下来。她记得，她曾坐在这里的长椅上，虔诚地、心无旁骛地祷告过很多次。初来时是惊恐的、无助的，可是慢慢地，内心便充满了能量。

过了许久，谁也没有再说话。时间仿佛凝固了，仿佛他们来到这儿，只是为着享受这和煦的春日的早晨。

良久，一朵白色的梧桐花絮从敞开的窗子轻轻地飘了过来，在半空中转了个圈儿，落到了老太太的手上，老太太缓缓摊开了有些攥痛的手掌伸到了阿根的面前……

老先生的眼睛陡然一亮。

老太太抬起了头，她的眼睛仍然黑亮黑亮的，此刻犹如月光抚照下的深海,正泛着岁月的涟漪:"还记得这串项链吗?"

老先生瞬间又伸出了布满青筋的双手,轻轻抓住了外国老太太的手腕,颤抖地说:"不会忘记,我们都不会忘记它……"

一、葱 油 饼

1939年冬天。日本侵略军占领下的上海。

这一天,天空中飘起了鹅毛大雪。雪,纷纷扬扬地落在石库门的屋顶上,落在路旁梧桐树光秃秃的枝丫上。

这是唐山路上一家简陋的点心铺,一口硕大的油锅架在铺子门口,油锅下,旺火舔舐着新添的木柴,油锅沸腾着,冒着吱吱的油烟。

一个从苏北刚刚来到上海不久的男孩——周阿根,他站在铺子门口,穿着打着补丁的破棉袄,那棉袄穿在他身上,已显得有些短了。还系着一条破围裙,他不停地将油饼下到锅里,锅里的油沸腾着,随着油饼的变黄,发出"嗞!嗞!"的声响。

"葱儿绿,饼儿黄,咬一口,喷喷香!卖葱油饼了!大上海最好吃的油饼!两个铜板买一个咧!"他熟练地叫唤着,一边使劲儿跺着脚。稚嫩得带着苏北口音的童声在凌烈的寒风中飘着。

　　这两年他长得快,打着补丁的裤子已遮不住脚踝,嗖嗖的冷风顺着破烂的裤脚,肆无忌惮地往裤腿里钻。他心爱的小黄狗旺财躺在他脚边打着盹,身上已覆满了积雪。

　　天渐渐黑了。雪,却没有要停的意思。人们步履匆匆,懒得伸出缩在口袋里的手,掏出几个子儿来买油饼。

　　生意并不是很好。

　　小店主王二牛躲在敞开大门的房子里,用两只冻得跟胡萝卜似的手和着面。眼看着外头的雪越下越大,油锅前已许久无人问津,王二牛忍不住急躁起来:"阿根,给我叫得卖力一点!"

　　阿根正将面饼下锅,被王二牛一催,心一慌,手指被溅起的滚油烫了一下。他吓了一跳,急忙用嘴去吮吸。就在这时,不知从哪儿传来一阵忽隐忽现的小提琴声,阿根一时忘了疼痛,支起耳朵,仔细听起来:"嗯?又是这声音,真好听……"旺财对这琴声似乎也很熟悉,扑棱一下直起了身子,抖了抖头顶的雪花。竖着耳朵倾听,仿佛也被那优美的琴声所陶醉。

　　可惜的是,这神秘而美妙的琴声很快就停了。阿根回过神来,发现雪又下大了,一朵一朵,落到油锅里,刹那就没了影踪。他麻利地将煎好的油饼翻了个身,又老练地叫卖起来:"香喷喷的油饼!快来买呀!好吃的咧!"

过了一会儿,仿佛是受了阿根叫卖声的诱惑,铺子旁的小弄堂里走出来一个小男孩,在离油锅两三米远的地方停住了。阿根转过头,发现这是一个与自己年纪相仿的外国小男孩,穿着一件单薄的暗绿色长风衣,戴着一只半旧的紫色的鸭舌帽,帽檐压得低低的,只露出一双乌黑明亮忽闪忽闪的大眼睛,一张雪白的小脸埋在竖着的风衣领子里,蜷缩着身体,用两只小手紧紧地抱着自己。

阿根热情地招呼着:"买个油饼吧!"

那小男孩看了阿根一眼,很快就低下头去,磨磨蹭蹭的,想上前,又畏畏缩缩的,不敢靠近。他就这么站得远远的,睁着大眼睛,一眨不眨地盯着油锅。

阿根被这个漂亮的小男孩吸引住了,忍不住在心底发出一阵阵好奇:好特别的小孩,好特别的眼睛……

"你是外国人吗?"阿根试探地问了一句,随着又低下头,用铲子把油饼翻了个身。

那小男孩没有吱声。阿根又抬头看了他一眼。

那小男孩这才将盯着油饼的目光移到了阿根脸上。或许是孩子与孩子之间容易亲近,他将自己抱得更紧些,细声细气地说:"我叫瑞娜。"

"瑞娜?"阿根发现他说的是中国话,不禁有些惊奇了,忍不住重复了一遍。他把刚煎好的那块油饼包了起来，走到瑞娜跟前："拿去吧，刚出锅的，小心烫。"

瑞娜呆了一下，小声说："我不能要。"一边说着，一边哈了口气，暖了暖手，又将衣领拢了拢。

阿根看出来了，这个小男孩明明迫切需要这个油饼，可不知为什么，他就是不接。

阿根把热乎乎的油饼塞到了瑞娜手里，憨厚地笑着："拿着吧，也不知合不合你的胃口，嘿嘿，嘿嘿……希望你喜欢它的味道。"

瑞娜感到手里一暖，心里也暖了起来，她手捧着油饼，眼见那黄色的纸张被油渗透了，一股香气丝丝的渗入到鼻子里，她马上抬起头认真地说："谢谢。我弟弟看到这个，一定会很高兴的。他想吃已经很久了。"说着，他把油饼捧到鼻子旁，深吸口气，闻了闻："嗯！好香啊！"

阿根听瑞娜这样一说，又走回去包了一只油饼，递给他："你一定也饿了吧，这个是给你的。"

"这……"瑞娜感动地看了看他，很快垂下了头，低低地说，"可是我没有钱……"

阿根看着他夺眶欲出的泪水，心想：他一定是遇到困难了……

他看了一眼铺子里正埋着头和面的王二牛,叹了口气,仍将油饼塞到了瑞娜手里,低声说:"快拿回去,和你弟弟一起吃吧。"

瑞娜拿着油饼,想了想,又摸了摸空空的口袋,感到十分为难。"要不……"停顿了一会,他将手伸向怀中,掏出一样东西。阿根只觉金光一闪,眼前一亮,见瑞娜伸出的掌心中,露出一条宝石项链,黄金打造的外壳中央,镶嵌了一块蓝色的心形宝石,那幽深的蓝色,犹如大海,在洁白的雪花映衬下,闪耀着摄人心魄的波光。

"啊?"阿根震惊了,他从没见过这么好看的物件。

瑞娜递了过来:"你把这个拿去吧。"

"不,不行!"阿根挠了挠后脑勺,他虽是贫苦人家的孩子,对贵重东西见得不多,但见到了这个宝石项链却也知道,这东西一定贵重得很呢。

瑞娜坚决地说:"给你。我没有钱,但是这个你拿着,作为我对你的感谢。"他的样子既诚恳又大方。"这不是一个一般人家的孩子",阿根想道。

阿根后退了一步,连连摇着手说:"这个太贵重了,我真的不能收。"

瑞娜将项链往阿根手里一塞,转头跑远了。

"等等！喂！"阿根追了出去,可是瑞娜已三步并作两步,跑得远了。阿根只能朝着那个越来越小的背影高喊着:"以后想吃油饼就过来哟!"

瑞娜似乎听见了,脚下顿了顿,远远地回头看了他一眼,那忧郁的眼神,猛地撞在了阿根的心上。

阿根低下头,呆呆地看着自己粗糙的小手掌中躺着的美丽项链,真有些不知所措了。

雪还在下着,悠悠的,静静的……

旺财醒了,四处张望着。它发现小主人站在雪地里,"汪汪"叫着,奔到主人脚下,仰着头,"呜呜"地看着小主人。

"旺财,你饿了吧,"阿根蹲下去,摸摸旺财的小脑袋,"再忍耐一下,娘还等着今天的工钱买米呢。"

就在这时,"啪"的一声,一记擀面杖恶狠狠地敲到了阿根头上。阿根"哎哟"一声,捂住了脑袋。

"小赤佬！看什么西洋景呢？啊？"王二牛终于发现外头许久没动静了,提着擀面杖跑出来一瞧,竟瞧见阿根站在雪地里发呆,一腔怒火顿时蹭蹭蹭往上蹿,"给我吆喝得大声点！再卖不出去,我们今天就都得喝西北风了！"

阿根揉着被打出一个小包的脑袋,只觉两眼冒金星,有点儿晕晕乎乎的,喃喃地说:"哦……知道了……"

王二牛正想回铺子,忽然瞥见了阿根握紧的拳头中金光一闪:"嗯?手里藏了什么东西?"

阿根急忙把拳头放到背后,本能地退后了一步。王二牛眉毛一挑,擀面杖一举,阿根见势不妙,迅速倒退着,猛然转身,拔腿就跑。

王二牛挥着擀面杖追在阿根后面,边追边喊道:"小赤佬!快给老子交出来!"

原先站在阿根后面的旺财见状不高兴了,它围着王二牛,抬着头,"汪汪"地大叫着。当王二牛的擀面杖又要挥下去,旺财使出浑身的劲儿,"啊呜"一口咬住了王二牛的裤腿,倒着后腿,使劲拽着。

"死狗!快松口!"王二牛一瞪眼,飞起一脚,把旺财踢开了。

旺财"呜呜"叫了两声,又扑上来,一口咬住,死也不放。王二牛拼命蹬着腿,想从这畜生的嘴里挣脱出来,谁知低头一看,裤子竟撕破了个大洞。

"狗畜生!你咬烂了我的裤子!"王二牛暴跳如雷,"看我怎么收拾你!"

阿根带着旺财转身就逃,仓皇间,"砰"一声撞到了一人身上。阿根头晕目眩,抬头一看,面前矗着三个日本浪人,便如三根柱子般,截住了他的逃路。那为首的既高且瘦,生得獐头鼠目,被突然奔来的阿根,撞了个趔趄。正揉着被撞痛的肚皮,正怒瞪着阿根。站在他身后的是个双臂环胸的矮壮汉子,另一个则一副病恹恹的模样,偏偏叉着腰,显得十分滑稽可笑。

王二牛正举着擀面杖,追在阿根身后咆哮着:"小赤佬,你往哪里跑?!"冲到近前,恰好看到三个横眉怒目的日本浪人,王二牛暗叫一声"不好",赶紧刹住脚步,掉转头,一骨碌藏到了油锅后面。

三个浪人瞪着眼,步步逼近阿根。那个被撞的高瘦浪人慢吞吞地捋起了袖子:"小东西,让我教训教训你……"

阿根一步步往后退,渐渐缩到了马路边上,心想:这些坏人……可别让他们发现了项链。

高瘦浪人见他躲躲闪闪,果然起了疑心,用结结巴巴的中文叫嚣着:"什么东西?你的手里?拿出来!"

那矮壮浪人和痨病鬼浪人也跟着起哄:"拿出来!拿出来!"

"听见没有?!"那高瘦浪人对着阿根就是一拳。

阿根忍住疼痛,大声喊道:"这不是你们的东西!我不能给你们!"

话音未落,旺财已勇猛地扑了上去,一下子蹿到了那高瘦浪人脖子上,那浪人站不稳,一下子坐倒在地,他揉着屁股,干号了两声,拼命用手去撑旺财。那痨病鬼浪人冲上前,对准旺财的肚子,飞起一脚,只见一道黄色的弧线一闪,旺财已躺在七八米之外。那浪人虽然是一副高瘦相,那脚力比起王二牛,却大了十倍不止。旺财一口气没接上来,"呜"的一声,想爬起来,挣扎了两次,还是倒了下去,小小的身躯抖了两抖。

阿根心疼得大叫:"旺财!"

那高瘦浪人一跃而起,揉了揉被旺财抓痛的脖子,走上来,对准阿根就是一记耳光:"八嘎!就把东西交出来!"

阿根只觉得半边小脸火辣辣的,此时怒火攻心。他握紧了双拳,瞪大了眼睛,大骂:"你们这些强盗!"

三个浪人互相看了一眼,大声狂笑着:"还敢骂人?哈哈!哈哈!必须给他点颜色瞧瞧!"

王二牛扶了扶罗宋帽,悄悄从油锅后探出半个脑袋,牙齿打着颤:"这下可糟了……"

阿根一边转动脑筋,一边飞快地跑到油锅旁。

三个浪人步步逼近:"看你往哪跑,臭小子!"

阿根灵机一动,顺手抓起铁丝网上晾着的油饼,一个接一个往高瘦浪人脸上掷去。那浪人躲过了第一只,没躲过第二只,只觉眼皮一痛,双手在脸上一阵乱抓,步伐顿时乱了。原来那只油饼恰巧蒙在了那高瘦浪人眼皮上。那滚油刚煎出的灼热油饼,直烫得那浪人哇哇大叫,慌乱中往前一扑,又碰到了滚烫的锅沿。伴随着一声毛骨悚然的惨叫,整个大铁锅都倒了过来,一锅滚油呼啦啦泼出来,溅到了那三个浪人脚上、手上……

那三人几乎同时跳了起来,疼得大声叫着:"哎哟!哎哟!烫死啦!"

"啊哈哈哈!"阿根瞧着歹人们狼狈的样儿,笑得前仰后合。

王二牛从阿根背后走了出来,探头探脑一瞧,见那三个被烫伤的浪人互相搀扶着,哼哼唧唧、一瘸一拐走了。再低头一瞧,雪地里到处都是金灿灿的油饼,连锅底都朝了天,白白浪费一锅好油。

王二牛那个钻心痛啊,比打断他一条腿还叫他难受。这可都是他的钱啊!这不是割他的肉嘛?

阿根兀自对着三个背影,边跳边喊着:"自作自受!快滚吧!"

王二牛叉着腰,喘着气,耐心地等着日本人走远了,这才举起擀面杖,对准阿根脑袋一下子敲下去。

阿根忙不迭护住头,蹲了下来。

王二牛雷霆般咆哮着:"看你做的好事!快给我滚!!!"

阿根方才还大笑着,这会儿一下就泄了气。刚刚缓过气的旺财跑到阿根面前,"呜呜"地叫了两声,也沮丧地低下了头。它似乎也知道:小主人丢了饭碗……

雪越下越大,路上的行人越来越少了,一阵阵的冷风兜着雪花,在里弄里飘舞着。站在雪地里的旺财,十分木然地看着电线杆子上呱呱叫着的一只孤鸦……

这个初到大城市的孩子此时不仅那单薄的外衣顶不住严寒,连他的内心也是如此的寒冷。

换到了油饼的瑞娜,此刻却正欢快地跑回唐山路富康里弄堂的家。虽然失去了项链,但一想到饿了一天的弟弟马上就可以吃到热乎乎的油饼,瑞娜觉得,这样做也许是值得的。

到家了!瑞娜推开陈旧的木头门,听着那"吱嘎"的声音,简直悦耳极啦!

瑞娜快乐地喊着:"米沙利!"

一个五六岁黄头发的小男孩欢呼着,像只小鸟般扑到瑞娜怀里:"姐姐回来啦!"

姐姐?原来,瑞娜是个女孩,只是为着出门方便,才常常扮成男孩的模样。这一点,老实的周阿根可没瞧出来。

鸟架上的白鹦鹉哈默也叫着:"瑞娜回来了!"

姐弟俩快乐地拥抱在一起。

瑞娜摸着弟弟的小脑袋:"米沙利,哈默,你们一定都饿了吧。"

哈默尖着嗓门叫着:"饿,饿,饿……"还故意转了两个圈儿。

瑞娜笑着从怀里掏出油纸包:"看看我带了什么东西回来?"

米沙利吸了吸鼻子,眼睛一亮,大声说:"好吃的!"

瑞娜小心翼翼地打开纸包,米沙利拍着手,蹦了起来,简直高兴坏了:"啊!是大油饼!"

哈默耳尖,一下从地上跳了起来:"大油饼?大油饼?"

瑞娜把油饼轻轻地放到桌上:"吃了油饼,米沙利就不会饿了。来,我们来祈祷。"

"嗯!"

姐弟俩虔诚地做起了祷告,感谢主赐给他们食物。这是妈妈教他们的。从记事起,妈妈就告诉他们:对待食物,要心怀恭敬,这每一口吃的,每一口喝的,都是上帝的恩赐。

做完祈祷,米沙利睁开眼睛,充满幸福地注视着桌上的油饼。这个油饼是多么宝贵啊。如果一个五岁的孩子饿了,突然得到了一个油饼,那么,这个油饼当然就是他全部的幸福了。尽管他没有想到,为了这个油饼,姐姐动了多少脑筋啊……

米沙利就这么幸福地看了好一会儿,这才拿起其中一个,先递给瑞娜,懂事地说:"姐姐一个,米沙利一个。"

他拿起另外一个,凑到鼻子下闻了闻:"真香!姐姐,我吃啦!"说完,迫不及待地咬了一大口。哈默也凑上来啄了一口。瑞娜看着弟弟囫囵吞枣的样子,微笑着,摸摸他的小脑袋,温柔地说:"慢慢吃啊,别噎着。"

米沙利三口两口就吃完了他的油饼。哈默也捧着肚子,发出了满意的叫声。瑞娜看着米沙利意犹未尽的样子,自己那块儿哪里还吃得下去,索性把它也递给了弟弟:"这里还有一个,你也吃了吧。"

"姐姐不吃吗?"米沙利抬起了头,幼稚的脸上,一双大眼睛闪动着困惑的光芒。

"姐姐刚才在外边已经吃饱了,"瑞娜站了起来,故意摸了摸肚子,"你看。"

"哦。"

瑞娜笑着:"姐姐是吃得太饱了,现在得出去走走,活动活动,你在家里要乖哦。"

"好的。"米沙利高兴地回答,又低下头咬了一口油饼……

瑞娜打开门走了出去。天已经完全黑了,雪,也停了。地上、屋顶上、树枝上、电线杆上、路灯罩子上……到处都像披上了白色的被子。真冷啊,彻骨的冷,冷得连空气都凝固了。瑞娜跺着脚,将地上厚厚的积雪跺出了两个深深的脚印。她习惯性地哈了口气,搓了搓自己冻僵的双手,抬头望了望天。

天空暗沉沉的,连一颗星辰都看不见。

二、嘱 托

这是瑞娜记事以来感觉最冷的一个冬天了。

此刻,屋檐下的冰棱子已积攒了有数尺长,一丝丝从墙壁里透出的热气使得冰棱子外面又形成了冰水,"滴答"、"滴答",一声声掉落在已结冰的地面上……

一时间,瑞娜的思绪又进入到那个恐怖的寒冷之夜,那是在欧洲的一座有着非常古老历史的城市,德国纳粹像疯子一样袭击着这里所有的犹太人……

犹太人的教堂、商店、住宅、百货公司,在那一夜被野蛮地扫荡着,人类的文明被践踏。

遍地的碎玻璃在月光下有如水晶般闪闪发光,刺痛着所有善良的人的心。

对瑞娜来说,所有的快乐和美好,就在那一夜之后荡然无存。

如果不是那一夜,她这一生都未必会感受到这样的严寒。

在雪地里站了一会儿,瑞娜感到两条腿已被冻得发麻了,她跺着脚,好像腿没有什么知觉了,她转身回到屋里。

米沙利变得越来越乖了,此时他已自己爬上床睡着了。瑞娜坐在床边,凝视着米沙利的睡颜,发现他稚嫩的脸庞像成人一样皱着眉,她知道他刚刚进入梦境。

"妈妈!妈妈!你在哪里?"忽然,米沙利挥舞着双手,闭着的眼睑上还挂着一滴晶莹的泪珠,他说着呓语,紧接着又翻了个身,枕旁的布娃娃掉到了床下……

瑞娜感到一阵心酸。她替弟弟披好了被子,又捡起了地上的布娃娃,想着这是妈妈送给自己的礼物,以前自己总喜欢抱着它睡觉,现在,它已这么旧了,看着它乱乱的麻花辫、皱皱的碎花裙,可她还是舍不得丢弃,而且现在这个娃娃,已成了弟弟的宝贝……

她忍不住想:妈妈让我们跟大卫教士来上海,都这么长时间了……妈妈,你在哪啊?

迷迷糊糊地想着,瑞娜感到又孤独又无助,忍不住抱着布娃娃抽泣起来。哭着哭着,竟睡着了……

她感觉家门好像被打开了,有一大片祥和的光芒从门缝里透了进来。她瞪大了泪眼,忽然看见那暖暖的光芒中,缓缓走进一个人影。那个人影渐渐走向床边,近了,更近了,她终于看清,那是一个美丽的红发女子。那是妈妈——索菲亚!

瑞娜欣喜地跳了起来,大喊着投入了妈妈的怀抱:"妈妈!真的是您吗?真的是您吗?我好想您、好想您啊!"

索菲亚也抱紧了自己心爱的女儿:"瑞娜,我的好孩子,妈妈也很想你们啊!"

瑞娜听到妈妈熟悉的声音,感受到妈妈熟悉的怀抱,忽然感到万分委屈:"妈妈,大卫教士去浦东了,娜莎大妈昨天去做工,到现在还没回来……今天是米沙利的五岁生日,我真不知怎样祝福他……米沙利一个劲儿地说他好饿,我真不知道怎么哄他……我用项链换了两个油饼。妈妈,我不知道自己这么做对不对?"

索菲亚轻抚着瑞娜带泪的脸蛋,叹口气说:"我的好孩子,项链是很重要,因为里面有一个重要的秘密。但是和你们相比,什么都不重要了。"

索菲亚说着这话,语速是那样的缓慢和无力,瑞娜不知道,妈妈是太累了,还是病了……

瑞娜紧紧偎着妈妈的身躯,问:"妈妈,什么秘密呢?"

索菲亚叹了口气没有说话。

停了一会,瑞娜又问道:"妈妈,我们什么时候能见到您呢？"

索菲亚摇了摇头，闭上眼睛，两道痛苦的泪水顺着柔美的脸颊缓缓滑落："妈妈的心都要碎了……妈妈离你们很远，我现在很冷，也很饿……我不知道自己还能坚持多久。乖孩子，难为你了，你一定要把米沙利照顾好。"

和以往不一样了，妈妈的身体是冷的，冰冷得几乎让瑞娜发抖。

瑞娜看着妈妈落泪的脸，想要把妈妈抱得更紧些，谁知妈妈开始慢慢地离开她了，妈妈的身影也越来越暗淡，妈妈身上那圣洁的光芒越来越弱。"妈妈！"瑞娜急了，大叫着。她想要抓住妈妈，可指尖却从妈妈的发梢滑了过去，抓了个空。

倏然间，妈妈的影子已然逝去了。

瑞娜大哭着尖叫起来："妈妈！别丢下我和弟弟！我们不能没有您……"

正睡在一旁的米沙利一惊，一骨碌爬起来，揉揉眼皮，害怕地问："姐姐，你怎么了？"

瑞娜喘了几口气，清醒过来，等情绪平复下来，这才看见弟弟害怕的模样。她马上擦干眼泪，努力挤出一丝微笑："没事，我只是梦见了妈妈。"

米沙利顿时转悲为喜："妈妈！妈妈是不是要来接我

们了?"

瑞娜吸了吸发酸的鼻子:"是啊!妈妈一定会来接我们。"

"真的吗?爸爸也会来吗?"

瑞娜用力地点头:"会的!爸爸和妈妈会一起来的!"

米沙利高兴地在床上蹦起来:"哦,太好喽!太好喽!"

瑞娜随手拿起了床边的小提琴,架在肩膀上,拉了起来,琴弦在抖动着。慢慢地,慢慢地,一丝令人舒缓的温情从琴弦上缓缓流出,渐渐溢满了整个房间。抚爱的音符流淌着,流淌着,将米沙利拥入其中。米沙利听着听着,慢慢又进入了梦乡。

过了很久,瑞娜轻轻地放下了琴,默默告诉自己:大卫教士和娜莎大妈会帮助我和弟弟的,困难会过去的。

第二天一早,瑞娜带着米沙利去摩西会堂做礼拜。

摩西会堂不算很大,却异常整洁,可见大家都精心护理着这个场所。经常去的,大多是犹太社团的人,有一些面孔,瑞娜和米沙利也已经识得了。大卫教士自不用说了,还有长得胖乎乎、慈眉善目的娜莎大妈,她一见到小姐弟俩就走上来说:"这两天没能看你们,吃的东西还有吗……"娜莎大妈并没有受人所托,却一直主动照顾着小姐弟俩的生活。听大卫教士说,她的两个儿子也是被德国纳粹们抓走的,到今天一点消息也没有。

瑞娜和米沙利紧挨着娜莎大妈,在前排的长椅上坐了下来。蓄着大胡子的大卫教士,安然自若地站到了讲坛前,他神情专注,目光平和,嗓音沉稳,话语中带着一股波澜不惊的安静的力量。

"……意思是:我们已死的同胞会再起来。他们的身体会有生命,从沉睡中苏醒,高声欢唱,正像地上的朝露带来生机……"

瑞娜听着大卫教士的讲解,情不自禁又回忆起了和妈妈的最后一面。那死里逃生的场景,至今让瑞娜害怕不已。

几个月前,可怕的"碎玻璃之夜",德国纳粹们像蝗虫一样成群结队而来,肆无忌惮地用枪托砸着门窗挨家挨户搜捕犹太人。整个柏林市,到处都能听到恐怖的枪声,随处都可看见纳粹们押着犹太人在街上走着,他们随意凌辱着那些无辜的人,随便开枪将他们打死。

外公已经被纳粹们带走了,爸爸约瑟夫出差去法国没回来。家里的佣人都跑光了。妈妈索菲亚带着瑞娜和米沙利,仓皇地离开了空洞洞的家,逃到了大街上……

他们东躲西藏了一整晚,真是无处安身呢!到了凌晨,天还是黑沉沉的,忽然下起了滂沱大雨,他们无处可藏,只能任凭雨水将他们浇透。最后,他们被一小队纳粹们堵在一条又黑又冷的小巷里。那小巷幽深,一眼看不见头,看不见生路,看不见希望。惊吓、寒冷、饥饿和恐惧将他们包围住了,冷汗混合着雨水,顺着他们的发梢滴滴答答往下淌。不远处,纳粹的脚步声"蹬蹬蹬"地跑过,沉重的皮靴无情地践踏在古老的石板街上,也踩躏着孩子们疲惫不堪的身心。瑞娜怎么也想不通,这些纳粹分子为什么要这样,拼命追逐着他们!

纳粹士兵的声音仿佛就在耳边响起:"一定要抓住沃伦斯基家族那个红发女人!仔细找!一定要找到她!"

瑞娜和米沙利害怕得簌簌发抖。索菲亚紧紧搂着他们,捂住了他们的嘴巴,不让他们发出声来。

一个公鸭嗓子的纳粹又叫了起来:"刚才明明看到就在这里,怎么不见了?"

瑞娜牙关打颤,抓紧了妈妈的手。米沙利几乎就要哭出来。就在此时,索菲亚蹲了下来,快速地对姐弟俩说:"你们待在这里,无论发生什么事,都不要出声。"

"嗯……"

"这边再找找!"又有两个纳粹兵奔跑过去。

索菲亚脱下暗绿色的长风衣,给瑞娜披上,在她的额上轻轻一吻:"去找大卫教士,让他带你们去上海!那里会收留你们的!"

瑞娜不知道即将发生什么,她只是带着疑惑,顺从地答应:"嗯。"

索菲亚不安地张望着,忽又想起了什么,迅速地把脖子里的项链摘了下来,替瑞娜戴上:"你一定要保管好,你爸爸会很快回来的……"

瑞娜又"嗯"一声,她从小就听说过这条项链,那是祖上传下来的。那上面的蓝宝石,蓝得仿佛像大海的眼睛。

索菲亚郑重地叮嘱她:"好好地戴着这条项链,今后你看到它,就像看到妈妈一样……你要带好弟弟,等着妈妈回来。"

说着,索菲亚哽咽了,再也难掩心中的不舍,一把搂过两个孩子。

索菲亚将他们紧紧地搂在怀里,眼泪流了下来:"上帝会保佑你们的。我的好孩子!"

瑞娜和米沙利惊恐着:"妈妈,妈妈……"

索菲亚却突然推开他们,毅然决然地转过身,朝小街外跑去。"咯咯"的皮鞋声在黑洞洞的夜里响起来……

瑞娜惊呆了,她忽然领会了妈妈的意思。妈妈是要引开纳粹们,以保护他们姐弟俩!米沙利喊着:"妈妈!"瑞娜赶忙用手捂住弟弟的嘴巴:"别出声。"

正在这时,一个纳粹兵似乎听到了什么声音,走进了巷子,几乎就要发现瑞娜和米沙利的藏身处。与此同时,他的同伙发现了奔跑着的索菲亚,急忙叫起来:"啊!是那个红发女人,别跑!"

"抓住她!抓住那个女人!"

那走进巷子的纳粹一听,掉转头就去拦截索菲亚:"停下!不许跑!再跑我就开枪了!""砰!砰"两声枪响了,是朝天开的枪,索菲亚没有停,她在拼命地奔跑着。但是,没过两分钟就有前后两小队的纳粹将索菲亚拦在巷子中间:"把她带走!"

瑞娜听到妈妈发出一声痛苦的呻吟。她不敢探出头去看。接着,她又听到了妈妈愤怒的呼号:"你们为什么抓我?"

"对不起,这是命令,"纳粹冰冷的声音传来,"你必须跟我们走!"

索菲亚回过头,流着泪,望着儿女所在的方向。妈妈没再发出声音,可是瑞娜仿佛听到她在说:"孩子们,你们一定要照顾好自己啊……"

米沙利"呜"地一声哭了出来:"妈妈……"瑞娜一边掩着弟弟的嘴巴,一边只能咬着嘴唇,任由泪水静静地滚落,落在妈妈的风衣上,落在潮湿的石板地上,混在茫茫的雨水里。

她伸出潮湿的左手,紧紧攥住了胸口的项链,在心里对妈妈承诺说:"妈妈,您放心吧,我们会在上海那里等着您。"

半个月之后,出差回来的爸爸——约瑟夫知悉妻子被抓,一时如同五雷轰顶,当时晕倒在地……没过多久,他从躲藏在工厂仓库里的大卫教士那里找到了惊魂未定的自己的两个孩子。懊悔和自责一直折磨着他:"如果我能早点回来,安排好你们,可能索菲亚也不会出事了……"他天天自言自语地呢喃。

倒是大卫教士此时头脑十分清醒和果断,他告诉约瑟夫:"纳粹们是不会放过我们的,特别是不会放过你们沃伦斯基家族的人。赶快离开这里……听说上海收留了我们犹太人,赶快去那里吧。"

没过多久,善良的大卫教士就帮助瑞娜和米沙利做好了前往上海的一切准备。

晚上,天还是那样黑,两个孩子紧紧地抱着父亲,真不想和爸爸才见面,就又要别离。

码头到了,约瑟夫伤感地看了看眼前那黑洞洞的巨大货轮,说:"这艘船,最终会开到上海去的。你们外公做外交官的时候,曾常驻那里,我和你们妈妈也曾在那里生活过。那是一个非常神奇的地方。你们跟着大卫教士去吧,要听他的话。"

瑞娜问:"爸爸,那你呢?妈妈呢?"

"我不能丢下你们妈妈不管,"约瑟夫看着灰暗的天空,两眼射出坚毅的目光,"我一定要找到她,然后,一起来接你们。"

一旁的大卫教士真诚地说:"请你放心,我的老同学。我会尽我所能,照顾这两个孩子。希望你和索菲亚能尽快来上海。"

约瑟夫紧紧握住了大卫教士的手:"谢谢你了,大卫。"说着,他又蹲了下去,摸摸米沙利的小脑袋:"米沙利,你要听姐姐的话,知道吗?"

米沙利哭了:"爸爸,你和妈妈什么时候来找我和姐姐呢?"

约瑟夫强忍着眼泪,把米沙利搂住了,安慰着小儿子,也鼓励着自己:"米沙利别哭!爸爸答应你,会尽快过来!"说完,又扳过瑞娜的肩膀,紧盯着她,以不容置疑地口气嘱咐她:"瑞娜,妈妈给你的项链,你一定要妥善保管好。"

瑞娜还记得当时爸爸严肃的表情。那严肃的表情似乎感染了她,她迅速擦了擦眼泪,像大人一样认真地作出了保证:"我一定会保护好弟弟,我也会保护好项链……"

"上帝会保佑你们。"

瑞娜又昂起了头:"上帝也会保佑爸爸。"

约瑟夫坚毅的眼神像火一样在燃烧,仿佛想把无穷无尽的力量传递给一双儿女。瑞娜明白,那是父亲对他们的深深的爱。

她清清楚楚地记得,爸爸对她说的最后一句话是:"瑞娜,米沙利,我们一定要坚强地活下去。"

三、咖啡·茶

阿根丢了卖油饼的差事,就靠他娘一个人养家了,家中的生活变得愈发拮据了。阿根一想到娘身体不好,每日操劳着,他心里总不是个味儿,可是他为帮助瑞娜,丢了饭碗,一点都不后悔。

"还是要去找工作,不能让娘一个人操劳。"阿根寻思着。

没几日,有小伙伴们告诉阿根,在苏州河与黄浦江交接之处,有一座二白桥,每天都有很多人力车夫拉着客人从这里经过,孩子们可以帮着推车挣钱。于是,阿根和一群孩子们常常来这儿"上班"了。从此不管刮风还是下雨,外白渡桥上,都可以看见车夫们"嘿呦,嘿呦"奋力拉着,孩子们"嘿呦,嘿呦"喘着粗气在后面推着,运气好的话,这一天下来,每个孩子也能挣上几十个铜板。阿根是不惜力的孩子,在他看来只要能挣到钱,每天回家把铜板哗啦哗啦交到娘的手上是件多么惬意的事儿。

有一天晚上,阿根和娘数完铜板,娘忽然摸着他的头说:"阿根,你长大了,能赚钱了。可是,你身上这套衣服,还是我用你爸的旧衣服改的。等过节时,娘一定给你做套新的。"阿根懂事地说:"不,这钱给娘留着看病用。"娘轻轻地叹了口气:"唉,你爹要是活着该多好。听苏北来人说,你舅舅最近要来上海了……"当听到"舅舅"两字时,阿根眼睛一亮。从小舅舅就喜欢他,他也喜欢舅舅,早就听娘说,他一直在老家和日本军队作战呢……

这天傍晚,阿根照例来到了外白渡桥上。正是雪后初霁,柔和的夕阳洒在开阔而平静的水面上。江上穿梭着各国商船、货轮,偶尔响起一声汽笛,惊起数只海鸥,昂昂叫着,展翅飞向晚霞漫天处。

不知为什么,这天外白渡桥上没有什么车,行人也很少。阿根双手托着腮,呆呆地望着水面,有些发愁。他不由自主地又想到了那个美丽的外国小男孩,心中默念着:"我什么时候才能再见到那个瑞娜呢?"

旺财站在阿根脚边,伸出小爪子,来回拨弄着一只旧皮球,玩得不亦乐乎。旧皮球是阿根从垃圾堆里捡来的,又黑又脏,他好不容易在河边把皮球洗干净,皮球红白相间,挺漂亮的,竟成了旺财的宝贝。阿根发了一会儿呆，转过身去，懒洋洋地对旺财打了声招呼："旺财，咱们该回家了。"

就在这时，一辆挂着太阳旗的军用吉普呼啸着开过，溅了阿根一身水，那满是补丁的旧裤子和一双露出大脚趾的鞋，弄得脏兮兮的……

阿根吓了一跳，愤怒地瞪了车屁股一眼。此时，桥面的积雪已融化，有几处较大的水洼，其他车子都注意避让行人，偏这辆吉普车如此霸道。阿根可不知道，车内坐着的正是上海的日本一霸——山本会馆的山本大佐。知情人都知道，这位大佐实际上是日军在上海的特务头子。

阿根伸出手，掸了掸身上的脏水，无意中，手指触到了口袋里的项链。他掏出来，仔细地看了看。这实在是一条异常美丽的项链，细致的金链子，纯净的蓝宝石，在落日余晖中，闪烁着光辉。阿根握在手中，感觉有些沉甸甸的。他无意识地抚摸着上面的蓝宝石，忽听"叮"的一声，项链盒子的盖子弹开了……

阿根"咦"一声，吃惊地睁大了眼睛。

一张外国女人的照片出现在眼前。那女人有着一双纯净的眼睛，眼中盈着浅浅的笑意，仿佛会说话似的，眼神中写满了幸福，一头棕红色的长鬈发，顺着雪白的脸庞滑下来，阿根从来没有看到过这样漂亮的女人，特别是一个外国人……

"真眼熟啊……尤其是这双如黑宝石般深邃的眼睛……嗯,长得很像瑞娜……这应该是瑞娜亲人的照片吧……这项链对瑞娜一定很重要!"阿根先是惊喜地猜测着,很快就又垂头丧气了,"可是,瑞娜,你到底在哪里呀?"

此时此刻,阿根没有想到的是,瑞娜也在寻觅着他。

王记点心铺门口,忙得要死的王二牛一抬头,便瞧见了正朝铺子里张望的瑞娜。他殷勤地招呼着:"嘿!小朋友!要买个油饼吗?""哟,是个外国孩子"王二牛禁不住自语了一句,又多朝瑞娜看了两眼。

瑞娜疑惑地朝铺子里瞧了一下。

王二牛一边手忙脚乱地将油饼下锅,一边继续笑着:"买一个尝尝吧,啊?你们外国啊,没这玩意儿!嘿嘿,嘿嘿,香喷喷,很好吃的咧!"

瑞娜看着王二牛,礼貌地问:"老板,我不是来买油饼的,我是来找人的。请问你铺子里那个炸油饼的男孩在吗?"

王二牛一听,一张脸顿时拉得比驴脸还长:"哼!原来你是来找那个臭小子的!哼!那臭小子啊,几天前就滚了!"

瑞娜一惊:"走了?"

王二牛伸出两个手指,没好气地说:"我数了,油饼少了两个！那臭小子,竟敢趁我不注意,偷吃店里两个油饼!"

瑞娜"啊"一声,有些惊讶,有些愧疚,有些失落。她想:那个男孩子不在油饼铺了,就是因为少了两个油饼……唉,都怪我,害他丢了工作。

她黯然地转过身,偏在这时,店门口走来几个穿得破破烂烂的小混混,不怀好意地斜觑着她,其中一个小瘪三嚷着:"你们快来看啊！这小孩的眼睛可真亮,像宝石一样！"

瑞娜有些害怕,往后退了一步。

另一个小瘪三凑过来,涎着脸说:"哦？真的哎！真漂亮!"说着就把一只脏手伸了出来,瑞娜往后退着,退着……

又有人起劲地围上来:"什么什么？让我也看看!"

瑞娜大惊失色,转身就逃。她饿了一天了,跑不多远,已是虚汗淋漓,面色煞白。因为害怕,她强撑着飞奔过两条街才停下,回头看看,见那伙混混没再追来,这才伸手擦擦额头的汗珠,连喘了几口粗气。

刚喘过气来,一不留神,一迈步瑞娜就撞到了一人身上。她抬头一看,原来自己已逃到了拐弯处,光顾了拼命奔跑,却没有注意前边。与她相撞的是一个高高瘦瘦的日本浪人,一条胳膊缠满绷带,脸上有一大块灼伤的疤痕。原来,此人正是在点心铺门口欺负阿根的日本浪人,他那条胳膊可被烫得不轻,这会儿伤还未愈,又出来寻衅闹事了。那矮壮浪人和痨病鬼浪人也跟在身后。

瑞娜连忙道歉:"对不起。"

"哪里冒出来个野小子!"那高瘦浪人双臂环胸,正想发飙,忽然看清了瑞娜的模样,"哟,皮肤可真白,眼睛可真亮,漂亮得跟女孩儿似的!"

矮壮浪人也附和着:"就是就是,水灵灵的。"

高瘦浪人眉开眼笑:"怎么有这么漂亮的男孩子,真有意思,难道……有什么秘密?"

"不要过来!"瑞娜害怕得直往后退,三个浪人却嘿嘿狞笑着,步步紧逼。瑞娜跟跟跄跄退了两步,很快就被逼着靠到了路灯杆上,哪里还有退路?

"让我摸摸!"那高瘦浪人淫笑着伸出了魔爪,去摸瑞娜脸庞。

瑞娜偏着头,挡着脸,拼命躲闪着,惊恐、厌恶和愤怒使她尖叫起来:"啊!不要过来!走开!"

正在这时,一粒小石子"咚"的一声,准确地弹到了高瘦浪人后脑勺上。三个浪人身后,响起了一声冷酷的呵斥:"住手。"

高瘦浪人摸着脑袋霍然转身,勃然大怒:"哪个混蛋?!"

三人随着小石子的来路望去，只见马路对面，大约五六米开外的十字路口，站着一个身形修长的灰衣少年。那少年穿着一袭线条简单、剪裁合身的制服，坚硬的黑短发，根根竖着，苍白的皮肤接近透明，紧抿的双唇薄薄的，不带半分血色。只一双眼睛，目光如剑，藏着锐气，又透着一股不可亲近的、拒人于千里之外的寒意。

矮壮浪人手一指："大哥，就是那边那个人！"

那少年将双手往裤兜里一插，笔直地站着，冷酷地盯着三个浪人。

"八嘎！"高瘦浪人握紧了拳头。

那少年轻哼一声，慢慢走过来，两只拳头捏得嘎嘎作响，像是马上就要出手揍人似的。

那瘿病鬼浪人揉揉眼睛，半惊半疑地朝着瘦高个同伙说："大、大哥……像是拓少爷吧？"

另两人定睛一看，顿时吓出一头冷汗："拓……拓少爷！"

那个叫拓的灰衣少年已走到跟前，冷冰冰地低声说："不要在这里惹是生非，赶快回去。"

那三人顿时如获大赦，忙不迭地应一声，居然连声音都在发抖。然后，几乎是连滚带爬的，一溜烟就跑了。

拓走了过来。瑞娜抬起头，眼神中盛满惊慌。拓瞧得一愣,心想:这应该是个女孩子吧？好特别的一双眼睛……

"我会记住你的。我叫拓,"拓说着,径直往前走,"希望你也记住我。"瑞娜很想说声谢谢,却因受惊过度,眼前一黑,身体软绵绵地倒了下去。拓一惊,迅速返身托住了瑞娜:"你怎么了？你没事吧？"

正在这时,在离瑞娜和拓数尺之遥的地方,阿根带着旺财,也正耷拉着脑袋,往家走着。一拐弯,恰巧就看见了拓正怀抱着瑞娜。阿根心中一喜:是瑞娜！又一忧:他怎么了？

阿根急忙大声叫道:"喂！放开他！"

拓放下瑞娜,回头面对阿根:"你们认识？她晕倒了,好好照顾她吧。"说着,既不待阿根答话,也不多做解释,便自顾自地走了。

旺财冲着拓的背影乱叫。阿根有点儿明白过来,大喊着:"旺财,别叫了,他不像是坏人。"他摇了摇怀里的瑞娜,试图唤醒她:"瑞娜,你怎么了？"

昏迷中的瑞娜,恍恍惚惚中,仿佛又飘回了欧洲的家……

在好大好大的一个花园里,自己正和米沙利在参天大树中嬉戏追逐。她戴着宽沿的草帽,上面有一个美丽的蝴蝶结,穿着粉红色的长裙,抱着她心爱的布娃娃,欢快地叫着:"我要抓住你啦！"

米沙利也一边咯咯笑着,一边跑着:"姐姐!你快来呀,你抓不到我,抓不到!哈哈……"

天籁般地笑声,洒满了整个花园。阳光无比明媚,清风柔和多情,娇艳的鲜花开遍了花园,欢乐的鸟儿在争鸣着……整个世界是多么的可爱啊!

可就在这时,像是晴天霹雳……几颗炮弹呼啸着飞来,不偏不倚,就落在他们美丽的花园里,落在他们前面,"轰、轰"几声,爆炸声使整个大地都在颤抖!一群坦克开来了,机关枪在扫射,这天堂般的花园瞬间变成了地狱。瑞娜和米沙利都吓坏了。瑞娜迅速地拉着弟弟的手拼命地跑,拼命地跑,想要躲开这枪林弹雨。

可是,很快,年幼的米沙利跑不动了,脚下一绊,跌倒了。他又痛又怕,哇哇地大哭起来。瑞娜急忙回过身,拉起了弟弟,大声喊着:"米沙利,你没事吧?"

米沙利伸出了小手,害怕地哭喊着:"姐姐,姐姐……"

她着急得,努力地去拽着弟弟的小手,可却怎么也拽不动。那一刻,她太无助了,谁能帮助她呢,她急得哭了起来……

忽然间,听见有人在唤她的名字:"瑞娜……瑞娜。"她觉得,那声音有点熟悉,好像在哪里听过……

瑞娜皱着眉,缓缓地睁开眼睛,一眼就看到了阿根充满关切的脸。她不知道是梦,是真。想了一会儿,才露出恍惚的苦笑:"啊,是你?"

"是我,"阿根扶起了瑞娜,"你怎么会晕倒在这儿啊?我还到处找你呢。"

瑞娜迷茫地看了看周围,轻轻地说:"我也在找你。"

夜色已渐渐暗了。里弄人家的灯火亮了起来,一圈圈昏黄的光晕,透着宁静和温暖。两个孩子踏着街上的积雪,慢慢地走回家。

瑞娜余悸未平,拍了拍胸口:"刚才那群日本恶少,好吓人啊。"

旺财一听,也"汪汪"地叫了起来,它似乎想起了自己被踢痛的肚子——那可不是一个愉快的体验。

阿根也想起了自己在点心铺的倒霉遭遇,愤愤不平地挥了挥拳头:"这群霸道的家伙,专爱欺负人!"

瑞娜看着夜空。这冬天的夜空,似乎特别的阴冷黑暗,只有稀疏的几颗星辰,散发着微弱的光芒。她忧伤地感慨着:"真不知道这个世界,什么时候才能安宁。"

阿根一愣。他隐隐约约觉得,瑞娜心中有太重的苦痛,然而是什么原因呢?阿根不知不觉停住了脚步。

瑞娜转过头："你怎么这样看着我？"

阿根挠挠后脑勺说："你一定经受过很不幸的事情。我从你的眼睛里可以看到……"

瑞娜沉默了一会儿，叹了口气，马上转了话题，说道："阿根，真对不起，我和弟弟害你丢了工作。"

"你去油饼铺找过我？"

"嗯，真不好意思，因为我害你丢了工作。"

"这事其实不赖你，别往心里去了。"

瑞娜笑一笑，牵起了阿根的手："不说这些了，我请你到我家喝咖啡。"

"咖啡？"阿根第一次听说这个词儿，"咖啡是什么东西呀？"

旺财也好奇地叫了两声，起劲地奔跑向前，好像急于品尝"咖啡"的滋味。

在唐山路一座石库门的房子里，米沙利折腾了半天，好容易用几十本书搭成了一座比他人还高还大的"大房子"。他努力地爬上"大房子"，试着用两本硬皮书搭一个屋顶。

偏在这时，门开了，瑞娜进来了，她大声说："米沙利，你看谁来了？"米沙利一喜，手一抖，歪歪斜斜的"屋顶"顿时掉了下来,哗啦啦,整座"大房子"跟着倒了一地。一旁的哈默惊叫一声,"倒啦,倒啦",扑扇着翅膀飞起来,一根鸟毛轻轻地飘落。

瑞娜和阿根推开门,见到的便是埋在书堆里的米沙利的小屁股。

瑞娜笑了:"你又在玩书啊。"

"瑞娜,你回来啦,"米沙利从书堆里一骨碌爬了出来,看见了阿根,"还带了客人!"

瑞娜向阿根介绍说:"这是我弟弟米沙利。"

阿根弯下腰去,拍拍米沙利的肩膀:"你好啊!"

瑞娜又向弟弟介绍阿根:"米沙利,你上次吃的油饼,就是他给你的。"

米沙利一脸恍然大悟的表情:"哦!你就是'油饼哥哥'?"

哈默好像也记起了上次的油饼那美妙的滋味,"嗖"得一下,飞上米沙利的肩头,起劲地叫着:"油饼,大油饼!"

"油饼哥哥?"阿根莫名其妙指着自己,"我?"

瑞娜和米沙利笑嘻嘻地看着他,连旺财和哈默都齐齐看向他。在大家的注视下,阿根黝黑的小脸仿佛真的变成了一只大号的热气腾腾的油饼——香喷喷,好吃的大油饼!

哈默扑扇着翅膀,大叫着:"油饼,油饼。"

阿根抗议了:"我是阿根,不是什么油饼哥哥!"

旺财从懵懂中回过神来,维护小主人可是它神圣的使命,它也"汪、汪"地大叫着以示抗议。米沙利蹲下身,摸摸旺财的脑袋,亲热地贴着它的脸:"呵呵,好可爱的小狗呀!"旺财顿时顺从地闭上了眼睛,摇晃着耳朵,显得十分享受。

哈默受到了怠慢,不高兴地飞到椅子上,呀,呀叫着。

阿根看着米沙利白白净净的苹果脸,忍不住夸他:"你和你哥哥一样漂亮,就像个洋娃娃!"

米沙利抱着旺财,一脸的不解:"哥哥?什么哥哥?"

瑞娜站在阿根身后,眨眨眼,那是示意米沙利不要泄露"秘密",跟着马上说:"你们先坐一会儿,我去冲咖啡。"

阿根一直在想:咖啡?啥玩意儿?他和米沙利一起坐了下来。哈默飞了过来,落在了旺财脑袋上。阿根看见了哈默,问:"米沙利,这只白鹦鹉是你家的吗?"

"嗯!它叫哈默,是大卫教士送给我们的!大卫教士说,这叫葵花鹦鹉!漂亮吧?"

"真漂亮!"阿根一边称赞着,一边摸了摸哈默的羽毛。

才说了几句话,瑞娜就端来了咖啡。一阵奇香飘来,阿根使劲儿闻了闻:"哇,好香哦!"旺财也学着阿根的样子,使劲儿嗅了嗅,陶醉地闭上了眼。

阿根见瑞娜手里端着一只白色的托盘,上面放着三只小小的白瓷杯,三把银色的小匙子,那白瓷杯里的液体浓稠,呈深棕色——这古里古怪的液体就是咖啡?

米沙利端起了一杯:"这个很好喝的,是大卫教士送的。"

阿根也端起了一杯,吹了吹,小心翼翼地喝了一口。一股苦苦的味道直冲味蕾,阿根眉头一皱,一下子吐了出来,喷了旺财一脸!旺财一惊,随后伸出了长舌头围着嘴边足足地舔了一圈……

"这味道……"阿根咽了口唾沫,心想:这味道,真是有苦说不出!

瑞娜笑着替阿根加了一块糖,并用小勺子搅了搅,说:"别怕,咖啡是苦的,但它可以提神。这是娜莎大妈送给我们的方糖,你再试试?"

阿根犹犹豫豫的,又眯了一小口,舔了舔唇,仔细回味了一下:"嗯?好像是有点儿甜了。"

"和你们中国的茶比起来如何?"

"其实茶的味道也是有点苦的。"

"其实咖啡和中国的茶叶一样,都是先苦后甜,带着一丝淡淡的香气。"

阿根想了想,说:"听你这么一讲,滋味还真是不一样了呢!嗯,这满屋子都是咖啡的香味。"

旺财眨巴着眼皮,好像想说:你们两个唠叨什么,我饿坏了,先让我尝尝……它老实不客气地扒拉过阿根的那杯咖啡,将舌头伸进了杯中。

"对了,我还有正经事要说,"阿根掏出一块叠得整整齐齐的手帕,小心地打了开来,"这个还给你。"

米沙利看见了,一下叫了起来:"是妈妈的项链!"

瑞娜站在原地,没有动,不由自主地瞥了一眼项链,说:"不行,我不能接受。"

"啊?为什么?这本来就是你的呀。"

瑞娜认真地说:"除非我还了油饼钱,不然我是不会收回这条项链的。"

"可是你已经请我们喝了咖啡了啊,"阿根看了看身边喝得正香的旺财,"对吧旺财?"旺财一边"汪汪"地叫着,一边猛点头,它似乎同意小主人的意见。

瑞娜还是不肯接受:"这是两回事儿。妈妈说过,不能白拿别人的东西。"

阿根顿时心生敬意:他们是诚实的人……"好吧,我明白了,"他小心翼翼地把项链放入怀中,"那我就暂时帮你保管这条珍贵的项链吧。"

瑞娜自信地说:"谢谢。早晚有一天,我一定会收回它的。"

瑞娜虽并没有收回项链,可是阿根的心情也一样很好。此时此刻他们觉得,有一样珍贵的东西在他们之间产生了。虽然此时此刻,她,正经历着战争和逃亡;他,正经历着贫困和欺凌。虽然他们没啥好吃的,也没啥好玩的,可是,友谊的种子根本不需要这些。友谊的种子是如此迅速、如此自然地在两颗纯真的心里发了芽。他们都感到在一起的时候非常开心。

瑞娜很快就从米沙利倒塌的"大房子"里找到了自己心爱的安徒生童话。她捧着书,如获至宝:"阿根,我给你念一段我最喜欢的童话故事吧!"

阿根也兴致盎然地托着下巴说:"好的,让我听听。"

她站起来,开始绘声绘色地朗读:"很久很久以前,在美丽的大海深处,水是那么蓝,像最美丽的矢车菊花瓣,同时,又是那么清,像最明亮的玻璃。小美人鱼躺在月光下的沙滩上,紧贴着海岸,凝望着辽阔的大海……"

沉浸在书中的瑞娜,大大的黑眼睛闪耀着一种奇异的光彩。阿根两手托着腮,呆呆地看着她陶醉的神情,看着她手舞足蹈的样子;看着她脸上散发的快乐的光芒,觉得这个身在异国他乡的孩子,虽然有着沉重的悲伤和苦难,但是她的内心却怀着一种无法撼动的虔诚和希望。

因为瑞娜投入的表情和抑扬顿挫的朗读,不知不觉,阿根就被吸引到那个神奇的故事里去了。米沙利呢,则在姐姐甜甜的嗓音中静静地睡着了。

四、瑞娜的长发

时间总在人们觉得快乐的时候溜得特别快,特别是对于孩子们来说。不知不觉,天又黑了。意犹未尽的阿根,不得不告辞了。

瑞娜坚持要送送阿根。

天边悄悄爬上来一弯朦胧的月亮。常年不见阳光的小弄堂,积雪融化得也慢,两个孩子不知不觉地手拉起了手,他们"嘎吱嘎吱"踩着厚厚的积雪,慢慢地走着。

走到弄堂口,阿根站住了:"你不用送我了。"

"朋友第一次来,我们是一定要送的。"

"这也是你们的礼节吗?"

"这是妈妈教我的。"

"哦,"阿根忽然想起了什么,"对了,怎么没见到你的爸爸妈妈呢?"

瑞娜低下了头,显得很难过。阿根有些茫然:难道我问错了?他暗自寻思着急追了两步,跟上去道歉:"瑞娜,对不起。"

"没关系,"瑞娜停下脚步,仰起头,对着夜空的月亮,虔诚地祈祷着,"我爸爸妈妈在欧洲还没有过来,我和弟弟一直在上海等他们,我相信总有一天,我们一家人一定会团圆的。"

阿根也停了下来,拍拍她的肩膀,安慰她:"会的。一定会的。对了,我家就在前面,不如你也去我家坐坐吧,我娘要是看见你,一定会很高兴的。"

瑞娜笑了:"嗯。"

两人并肩走了一小段路,阿根用手一指:"看,我家到了。"

瑞娜抬头一看,只见前方大约十米之外,昏黄的路灯掩映着一幢上下两层的洋房,她惊讶了:"哇,你家可真大啊!"

阿根挠挠头:"其实,这也不能算是我家,因为我娘在这里做佣人,所以住在这家隔壁的佣人房里。"

"那你妈妈一定很辛苦吧。"

"嗯,最闹心的是这里有个管家,叫贾三桂,对人特别凶,总是欺负我娘。"阿根想起贾三桂那肥头大耳、脑满肠肥的样儿,心中的气就不打一处来,"听说,他和日本军人搞得挺热乎。"

两人进了洋房隔壁的小屋。阿根推开门,与往常一样叫了一声:"娘,我回来了!"顺手拧开了电灯。

阿根才一转身,忽然看见娘晕倒在地。脸色大变,他大步奔上前急呼:"娘!你怎么了?娘!"

跟在身后的瑞娜,连忙拿起桌上的茶壶,倒了一杯水:"快!给大娘喝点水。"

"娘!娘!"阿根哭出了声,一边大喊着,一边扶起了娘。

周妈妈紧闭着双眼,微微地呻吟着。瑞娜赶紧喂她喝了水,把她扶到床上坐下。

周妈妈昏昏沉沉地说:"阿根,你回来啦。"一转头,又看到瑞娜,有点儿惊讶:"啊,这个漂亮的孩子是谁?"

瑞娜微笑着,彬彬有礼地说:"大娘,你好,我叫瑞娜,是阿根的朋友。"

阿根擦擦眼泪:"娘,你老毛病又犯了,我给你买药去。"

周妈妈无奈地摇了摇头:"傻孩子,我们家现在哪来的钱买药啊!"

阿根眉头一皱,霍地站了起来:"贾先生有。"

周妈妈急忙支起半边身子:"别去!"她想阻拦,可已来不及了,阿根已一阵风般冲出了门外。

"唉,这孩子……"周妈妈预感不妙,只得转过头,诚心地拜托瑞娜,"麻烦你跟去看看,别让他惹事。"

瑞娜也感到不妙:"好,您放心。"旋即跟着阿根去了。

旺财一看,也"呼,呼"地喘着粗气紧紧跟上。

贾三桂是何许人也？

他便是这幢气派的洋楼的管家,两年前同山本会馆的山本大佐搭上了关系,从此鞍前马后、狐假虎威,专门收集情报,破坏国人抗战。贾三桂虽然人胖了一圈又一圈,荷包也鼓了起来,但是老百姓都在他身后狠狠地吐口水,叫他"假东洋鬼子"。此人狡诈凶狠,又仗着手里有几个臭钱,到处放高利贷。

此时,阿根跑到洋楼上头,按响了贾三桂的门铃。

片刻,门内传来一个懒洋洋的声音:"谁啊？三更半夜吵什么吵？"话音未落,门开了,穿着真丝睡衣的贾三桂伸着懒腰,打着哈欠,扶了扶金丝眼镜,探出头看着。一看是两个孩子在门外,贾三桂立马火冒三丈,指着阿根鼻子大骂:"滚！别打扰老子睡觉！"

阿根急了:"我娘病得很重,求您发发善心,借我点钱,我去给我娘买药。"

"她病了是她的事儿,和我有什么相干？快走！"

"求求您了,这钱我一定尽快还上。"

"你这个穷瘪三,家里穷得叮当响,拿什么来还我的钱啊？当我是憨大啊？滚！"贾三桂吼完,"砰"一声关上了门。

阿根十分气愤,不由得握紧了拳头,骂了一句:"假鬼子!"

刚关上的门又迅速打开了,贾三桂一步跨出来,一把拎起阿根的衣领:"什么?你骂老子?你骂老子!"

阿根整个儿被提了起来,两腿腾空,几乎就要透不过气来。他蹬着双腿,拼命挣扎着:"放我下来!放我下来!"

旺财见状,也急了,围在贾三桂脚边汪汪大叫。

"哈哈哈哈!"贾三桂戏耍够了,将阿根往地板上狠狠一扔,吼道,"滚!想借钱,没门儿!"

阿根屁股重重落地,直摔得眼冒金星,耳畔嗡嗡的,净是贾三桂的狂笑声。

瑞娜轻轻扶起了阿根,她直视着贾三桂,怒声斥责:"你怎么可以这样欺负人呢?"

贾三桂鼻子一歪:"哟哟哟哟!哪来的黄毛小子,敢这么跟老子说话!你知道老子上面有谁顶着吗?啊?臭小子!"他骂骂咧咧的,叉着腰走过来,"啪"一记,重重打在瑞娜头上。

瑞娜措手不及,帽子一下就被打飞了。一头火红的长鬈发披散开来,像天边的晚霞一样飞舞……

"啊!"瑞娜掩着脸,惊叫起来。

阿根震惊地看着瑞娜,那头飘逸的长发将他惊呆了。他怔了半晌,内心发出了一声尖叫:原来瑞娜是个小姑娘啊……

"哟,原来是个漂亮的外国小姐啊!"贾三桂一怔,马上伸出了肥胖的手掌,嘻嘻笑着,忍不住想上去摸一把,"来来来,让我好好看看,小妞!"

旺财悄悄绕到贾三桂脚边,轻轻提起一条腿,对着他的左脚,撒了一泡尿……

贾三桂的肥手伸到一半,只觉足底一热,低头一看,大叫一声,跳了起来:"我的鞋子!哎哟!"脚下又一滑,重心失衡,往后跌去,"咚咚咚",竟一骨碌滚下了楼梯。这贾三桂膘肥体胖,这一跤摔下去,堪称惊天动地,那结实的木头楼梯简直就要震断了,连整幢洋楼都仿佛在颤抖。直到他"咚咚咚"连滚十几级,气喘吁吁趴到了楼梯下边,昂贵的金丝眼镜的镜片也摔碎了一片,这一跤才算跌完。

瑞娜见贾三桂四仰八叉躺在楼下,摔得连一个字也吐不出来,觉得可解气啦。但很快,她就有些不安了。

"对不起,又给你添麻烦了。"瑞娜转头看着阿根,脸上微红地小声地说。她真为阿根担心。

两人手拉手走下了楼,回到阿根家,瑞娜礼貌地向周妈妈告辞。周妈妈见到瑞娜长发飘飘的样子,也很惊讶。随即叹了口气,然后摸着瑞娜的头说:"一个女孩子四处走动,是很不方便的,所以才要扮成男孩的样子。"

阿根抱歉地说:"我娘生病了,不能送你了。"

瑞娜"嗯"了一声。外面的天,已经很黑了。她出了门,又回头看了看阿根家。屋子里,昏暗的烛火晃动着,阿根母子一老一少贫病交加的剪影印在窗户上,像一幅涂满了苦难的画,让看着的人一阵心酸。她隐约听到阿根说:"娘,我明天就去码头做工,一拿到钱就给你抓药。"

"码头都是苦力活儿,你还是一个孩子,不行的。"

"娘,我长大了,有得是力气。"

"唉,娘没事的,过两天自己就会好的。"

瑞娜久久地立在阿根家窗前。寒风一丝丝吹来,吹动了她长长的秀发,在她苍白的面颊上乱舞着。她伸出手,冰冷的指尖慢慢穿过发梢。她的长发,那么密,那么柔,轻轻缠住了她纤嫩的手指。她望了望天空的寒星,忽然明白了:在这个世界里,不论是她还是阿根都有很多痛苦,可是,他们都不得不挣扎着活下去,活下去……她沉重地叹了口气,转过身,准备离开了。此时她想,米沙利,可爱的米沙利,我亲爱的弟弟,这会儿该睡着了吧?

夜未央,白日人来人往的小弄堂,此刻冷清得如同世界末日。不知从哪个阴暗的角落里,传出一两声似哀鸣似的狗吠,在空旷的夜里回荡。冰天雪地里,瑞娜孑然一人,缩着身子,低着头,在踟蹰缓行着。雪地里,留着两行干净的、清晰的脚印,远远地望去,连那小小的足印,也同它的主人一般,显得孤零零的。

第二天,阿根起了个大早。他想好了,他要去码头做短工,赚钱给娘买药。还没开门,就听旺财在兴奋地大叫,阿根莫名其妙,低头看了看旺财。他打开门,突然看见瑞娜站在街对面,头上戴着鸭舌帽,双手插在口袋里,静静地、含笑地看着他,似乎已站了很久很久。

阿根十分惊喜,马上走了过去:"瑞娜!你怎么会在这儿?"

"我来了,不好吗?"她愉快地说着,手从口袋里伸了出来。一个用橡皮筋捆得结结实实的布囊出现在她手掌中。

阿根奇道:"这是什么?"

她的神情显得更愉快了:"这是买油饼的钱啊。"

阿根接过,发现那个布囊沉甸甸的。打开来,居然是厚厚一叠钞票。阿根一下就惊呆了:"啊!这也太多了吧?"

"多出来的,算是利息。你先拿去给你娘看病吧,"她说着,像小鸟一样转过身,欢快地小跑着走了。

阿根低头看了看手里的钞票。这么多钱,的确够给他娘看病了。

他又抬起了头,眼见瑞娜一边跑,一边笑着回头:"下次我还来!"旺财欢叫着,屁颠屁颠送出去了十几步。

"旺财,再见啦!"瑞娜跑到了里弄口,她摘下帽子,挥舞着,旋转着,转瞬就跑得没影了。

阿根看着蹦蹦跳跳远去的瑞娜,感觉她好像如释重负似的,瑞娜今天有些不一样了。他想了想,又想了想,忽然一愣:

瑞娜的长发,瑞娜的长发哪去了?

五、天使之死

这原本是欧洲的一个不知名的小镇。

小镇四周山谷苍茫,丛林密布,偶闻几声鸟鸣,更显山谷的幽静。千百年里来,这里人迹罕至,即使发生一点什么事,也不容易被外界获悉。一群德国纳粹恶魔正是看中了这一点,在这块不染尘俗的土地上秘密建立起了巨大的专门囚禁犹太人的人间魔窟,并以他们残忍兽性,对犹太人进行了种族灭绝式的大屠杀。

若干年后,这个默默无闻了几百年的小镇因此声名大噪。

说来也怪,自从纳粹恶魔们来到这里,这里就不太看得见阳光,而阴天总是特别漫长,且时常下雨。有人说,那是上帝在为那些冤死的永不消逝的亡魂哭泣。

1939年,集中营里被关进了欧洲著名的银行家奥伯德·希尔特。不到半个月,他就被纳粹敲骨吸髓式的审讯手段折磨得几近疯狂了。这一天，审讯室内探照灯再度发出了强烈的白光，照射得墙上的"卐"字旗无比刺眼，那恐怖的字符如同旋转的薄刃，在蚕食他千疮百孔的身心。奥伯德使劲抓着自己的脸，十道血痕出现在他的脸上，他狂喊着："上帝作证，我的钱都交出来了！都交出来了！他们还要干什么呢？"

年轻的纳粹军官鲁道夫少校撇了撇薄得抿成一条缝的嘴皮，吐出了一个简短冷酷的问句："真的吗？"

奥伯德哆嗦着，抓着自己的脸，透过指缝，看了鲁道夫少校一眼。在被抓进集中营之前，他无论如何都难以相信，如此英俊、漂亮、修长、白皙的年轻人会拥有一颗如此残忍狠毒的心。的确，鲁道夫少校有一张白净的脸，且总是表现得文质彬彬，但希特勒元首的口号早已使这个年轻人的思维完全扭曲了。在他的眼里，所有人都是劣等民族，只有他这类人才是应该生存在地球上的。他以狂妄为自豪，以屠杀为乐趣，使得他的上级——梅辛格上校格外赏识他，称他为："我们可爱的鹰"。这只"鹰"的表情总是千变万化，奥伯德甚至觉得，眼前的年轻人不仅是纳粹忠实的爪牙，更是一名拥有铁石心肠的戏子。此刻，德式的大檐军帽下，这个年轻人的眼神专注而阴鸷，随时可能利用他出类拔萃的才干整出新的花样来，让自己求生不得、求死不能。经过了在零下二十度的冰室和六十度的高温蒸汽房之间轮流受刑,他的肺部已如万蚁啃噬,他也不能控制自己的神经了,整个脑子像要涨破了一样,他似乎已经不是他了,只听到他自己亢进的声音在房间里震荡着:"真的!真的!"

果然,奥伯德又看到了鲁道夫少校那古怪的笑脸,那笑简直比哭还可怕,他的整个脸在奥伯德看来就像一个张着血盆大口的魔鬼,正一阵阵地吐着阴气,不断得放大着,放大着……

奥伯德浑身的汗毛都倒竖起来,他知道,此时纳粹们给他注射的药物又开始发挥作用了,他眼前白花花的一片空白……他又开始失控了。

他甚至不知自己想说什么,在说什么了,他满脸通红通红,神经质地摇着头,嘶哑地尖叫道:"我真的没钱了!求你们放过我!继续去找那个被你们剃光了头的女人吧!是乔治·沃伦斯基的独女!"

鲁道夫的脸部神经略微僵硬了一下,这使得他看上去似笑非笑,无从捉摸。他走近两步,盯着奥伯德的脸看了数秒,然后,重新微笑了起来:"说下去。"

"沃伦斯基你们知道吗?你看你,年轻人,看看你蠢驴一样的表情,"奥伯德一边发着抖,一边带着哭腔嘲笑着鲁道夫,"在整个欧洲,还有谁不知道沃伦斯基!"

鲁道夫的右眼皮猛烈地跳了跳。

奥伯德跺了跺脚,费力地将脸凑近鲁道夫。这个动作使他的脖子伸得额外长。他将青筋暴露的双手捂在嘴边,压低了嗓门:"他们家族的财富世代相传,累积了百年。都说他们家族的财富足以买下一个巴黎,那个光头女人,就是沃伦斯基唯一的女儿……"

但鲁道夫似笑非笑地说:"不要重复你那些说过的故事了。我问的是,如何得到他的财产。"

"项链。"奥伯德颤抖着说,"据说,谁拿到沃伦斯基的项链,就会拿到财产。"他的口腔内几颗纯金的假牙已被敲了下来,这使他说话漏风,模糊难辨。但是,精明的鲁道夫还是听清楚了。

"项链?"鲁道夫挑了一下眉毛,异常冷静地重复了一遍。

"是的!项链!"奥伯德颤抖着伸出一根食指,指着鲁道夫的鼻子,突然放纵地大笑起来,"财产有什么用,落到了你们这些人手里,一切都会成为邪恶的!哈哈哈哈!"

奥伯德正咧嘴病态得大笑着,药物继续在这个老年人身上发作着……

冷酷的鲁道夫少校破天荒般地真心对他笑了笑,并且伸出干燥的右手,缓缓地拍了拍他的肩膀。这个动作显得意味深长。这是这个臭名昭著的施虐狂第一次没有像往常那样,再次摧残他。但奥伯德默默地站起来,不可置信地张大了嘴,踉跄着后退了三步,直至后背贴到冰冷的墙壁上。他的眼球不由自主地瞪了出来,那表情有着说不出的怪异。他已经被药物折磨得完全疯了。

难道,此时,死神已经开始向这位老人伸出了双手……

在距离集中营不到两公里的一幢豪华别墅里,梅辛格上校——这位当地纳粹的最高指挥官一见到鲁道夫,就开门见山地问:"鲁道夫少校,你刚才电话里说的情况很重要,我只想知道乔治·沃伦斯基本人呢?是不是被你们弄死了?"

"对不起,他不是被我们弄死的,在来集中营的路上,可能因为闷罐车太不透风,他的心脏病复发了,人老了,经不起折腾……"鲁道夫站得笔直,抽了抽嘴角,他说得是那样轻松,好像是和他的情人刚刚跳了一曲华尔兹一样,他继续神态怡然地说着:"但是,这并不重要,因为传说中,他的财产和一串项链有关,而项链,已不在他本人身上。"

"我也听说了,"梅辛格紧接着问,"传说中那条神秘的项链是乔治·沃伦斯基送给女儿索菲亚最后一次过生日的礼物?"

"没错。那是一条蓝宝石项链,根据奥伯德的口供,那颗蓝宝石就是传说中的'上帝之眼'。当年乔治·沃伦斯基的曾祖父从事海上贸易的时候,用重金从东南亚的宝石商手里买回来的。还传说,这块宝石具有某种神奇的力量。"

"哦？神奇的力量？"梅辛格饶有兴致地弹了弹桌子,这位上校近年来受他们那位元首的影响,也热衷于占卜术,听到此话眼睛一亮。

"那确是一件稀世奇珍,"梅辛格此时虽然纹丝不动站着,可好奇心涌上了他的眼神,给了下属一个赞许的眼神。鲁道夫似乎受到了鼓励,提高了嗓门。继续讲着:"但那条项链的价值不仅在于此。沃伦斯基家族世代经商,至乔治·沃伦斯基这一代,已积累了巨额财富。并把大量财产用于慈善事业。乔治·沃伦斯基在女儿最后一次过生日前,他把所有财产变卖了,存入瑞士银行。据说,银行密码就在那条神秘的项链里。只有索菲亚知道项链的下落。"

此时,梅辛格双眼放出亮光,他控制不住了,激动地重复着:"银行密码就在项链里！"

"没错,上校。富有的沃伦斯基家族究竟拥有多少财产,历来众说纷纭。"鲁道夫顿了顿,一种揣测的心态使他的声音变得低沉而暧昧,"是的,上校,我想这是一个谜。"

梅辛格口角闪过了一丝不易察觉的笑容,从鼻孔里"哼"

了一声:"沃伦斯基家族的人历来行事颇神秘。他们天真地以为,在帝国面前,只要施展计谋保持低调,就可以躲过当下的一劫,沃伦斯基家族可以永远地存在下去。真是低估了元首的力量……"

"是的,上校,"鲁道夫突然抬高了声音,显示出一种难以抑制的亢奋,像是在背诵重大发现似的说:"乔治·沃伦斯基虽然死了,但他的女儿索菲亚,就关在2号集中营里!"

梅辛格看了一眼鲁道夫,这位年轻人的脸上正焕发出一种自负的神情。他再次确信这位毕业于柏林大学心理学系的高材生将在党卫军内大有作为。他的目光毫不吝惜地流露出欣赏,语气却骤然严厉起来,用几乎少有的音调,命令似的说:"鲁道夫少校,请你一定要'用好'这个索菲亚,我就不更多的嘱咐你了。"他略停了一下。用信任的目光瞥了一下这位下属,面带微笑地又补上了一句话:"你可以出去了。因为你会知道下面应该怎么做……"

"是,上校。"鲁道夫习惯地敬了个军礼,转身迈着大步走出了房间。

在2号集中营的一所简易房内,鲁道夫又看到了他熟悉的三层的长条盒子。之所以称之为盒子而非床铺,是因为这些盒子仅6英尺宽,3英尺高。在一只如此狭窄的盒子里,每夜要塞进去五到十人睡觉,这意味着如有一人要翻身,同床者得陪着一起翻。

鲁道夫走了进去,让女看守关上了门。盒子都空荡荡的里面却一个人也没有,这使得整个屋子越发显得悲凉、恐惧。他走动着,锐利的眼睛上上下下搜寻了一大圈,这才看见在屋子尽头的一个盒子里,俯卧着一个骨瘦如柴的光头女人。如果不特别留意,很难发现她的存在。她蜷缩着,可能是因为这个女人的特殊身份,她已成了在这个"盒子"里住得最长的人。

此时,她一只手耷拉在床沿上,一动不动,仿佛已经没有了呼吸。

他看着她的光头,脸上露出了一丝冷笑。他看过她刚入集中营时拍摄的一帧半身照,照片上的她皮肤白皙,五官精致,有着一头朝霞般火红的、长及腰部的头发。仅仅一个多月过去,这个女人瘦得只剩下五十多斤了,并且被打断了腿骨。她身上的多处伤口在化脓,散发着一股异味。

她同屋的其他女人,早已被剥光衣服,在军犬和党卫军的押送下陆续驱赶到了毒气室,还有的年轻女人被拿去做了各种试验,躯体被肢解,然后投入储尸窖,最后进入焚尸炉。

如今,偌大的一个房子里只剩下她一人。她之所以一息尚在,就是因为沃伦斯基家族的财产,因为项链,因为项链里的密码,因为只有她,才能够揭开这所有的秘密。

然而,对于她而言,生,远不如死。她一次次地做着梦,梦见她的孩子们,醒来后,她总是悲哀绝望地想,她可能永远也见不到他们了。但是,无所谓,只要他们不被抓进这里,她的孩子就一定能够活下去。她已经不怕死了,因为她觉得死是一种解脱,甚至是一种赏赐。当她看到同胞们一批一批被赶进那神秘的房间——毒气室,没有一个人回来,她就已经做好了必死的准备。落到这群吃人的魔鬼手里,死,不过是早晚的事,不是吗?此刻,断了的腿已经麻木了,可她的神志却无比清楚,清晰地重复着同一个意念:愿上帝惩处这些人间魍魉鬼怪,愿上帝保佑沃伦斯基家族的后代。

两个女看守走过来,把已无人形的她拖了起来,让她面对着鲁道夫。鲁道夫看到,这个瘦弱得已经不能再瘦弱的女人,面色惨白,手足抽搐,显然在承受着巨大的痛苦。在游离地看了他一眼之后,她很快垂下了头。她的整个骨架,似乎也随之耷拉下去,如果不是眼前的桌子挡住的话,她会一直摔到地面上……

鲁道夫背着双手,远远地俯视着索菲亚,奥伯德说的那些话又在他的耳旁响起,一定要追问出项链的下落,他暗自下着决心。"请你告诉我,你的家人去哪里了?"鲁道夫随口说道。话一出口,他又感到有点后悔,自己是否太直率了?他承认,他面对的这个女人曾是他见过的最美丽的女人,也是一个最有灵魂的人。然而,在他的心中,他自己的血统是那样的高贵,而她的血统却是那样的低贱。他自傲地想:她为什么和自己不是一个血统?正因为她和他不是一个血统,他今天必须无情地对待她。他问自己:这是不是就是对元首的忠贞?

这个念头一闪而过,鲁道夫少校很快给出了肯定的答案。他并不想给自己有丝毫怜悯的机会。

就在鲁道夫少校认为这个女人永远不会张口的时候,索菲亚发出了气若游丝的声音:"不管去了哪里,我都祝福他们。"她的声音虽是无力的,却是十分镇静,仿佛不是在回答问题,而是在示威。

"能告诉我,你父亲送给你的那串项链在什么地方吗?"鲁道夫直接问出了最想要知道的问题。

她听到"项链"二字,迅速抬起眼皮,迅速瞥了鲁道夫一眼,然后,嘴角居然露出了一抹嘲弄的笑容。

鲁道夫不自觉地放软了声音,他甚至把腰身略微向她倾了倾:"我们非常需要你那串项链,你如果把它交出来,我会给你一个意想不到的好的结果。"

说完这几句话,鲁道夫有点后悔,觉得自己纯粹是在拿腔弄调,又好像他在求她似的,是不是有失帝国军人的威严……

索菲亚一声不吭,似乎什么都没有听到。

鲁道夫又硬着头皮重复了两遍。

"在哪里?"

"在哪里?"

她已听出了他的急躁,侧着头慢慢睁开了眼睛,那仍是一双闪烁着智慧的眼睛:"我想,它去了该去的地方吧。"说完这话,索菲亚她慢慢地合上了眼,她真不想再看见这个恶魔。

鲁道夫已经预感到不会问出什么结果了,他感到十二万分的沮丧。对于一个已经屠杀了无数人的刽子手来说,他是一个不讲人性的人,但是此时,他非常害怕他面对着的这个女人死去,他一定要完成他的任务。

但两天之后,索菲亚死守的秘密终于泄露了出来。

下午,鲁道夫双手抱肩看着窗外。不远处,有一条长长的铁轨,铁轨的尽头,又有几车皮的犹太人被运了进来。男女老少被编成了几支队伍,正朝着集中营的尽头走去。鲁道夫知道,那是最后解决他们的地方。说实话,他已经看惯了,麻木了,这些对他来说,都不过是一种程序和公式而已。然而,在审过索菲亚之后,他偶尔也会悄然自问:剥夺了这些人的生命,就能消灭他们的灵魂吗?

鲁道夫曾亲手枪毙过这些在他看来冥顽不化的犹太人,在临死前,他们几乎无一例外傲然地注视着他,眼神中所透露出的不仅是一种仇恨,更是一种视死如归的特殊意志。那种眼神,经常让鲁道夫从噩梦中惊醒。他的第六感告诉他,他早晚会受到最严厉的惩罚,只是,他无法想象,这种惩罚将会是什么形式呢?——被吊死?被枪打死?被人们群殴死,被活埋,还是……

鲁道夫索性不敢再去想了。正在这时,"咚咚咚",一阵轻轻的敲门声打断了他的思路。

麻木的女看守走了进来,送来了一段录音。鲁道夫蹙着眉,按下了播放键。连日来,他已不知多少次重复这个动作,始终没有什么结果。这次,又是大段大段不堪忍受的静默。鲁道夫感到录音带旋转发出的细微的"咯吱咯吱"声简直在挑战他耐性的极限。

就在鲁道夫戴上军帽站起来,准备离开的时候,播放器里响起一个女子惊恐的大喊声:"我的孩子们……"

鲁道夫倏然回转身,支起了耳朵,仔细听了下去。十分钟后,他把女看守叫了进来:"这是什么时候的事情?"

女看守回答:"昨天晚上。"

鲁道夫紧紧皱起了眉头,片刻,低声自语着:"上海,上海?"

梅辛格上校的办公室里。梅辛格听着鲁道夫的汇报,露出了一个深感兴趣的表情:"终于有进展了?"

"是的。白天,我们从那女人的口中什么也问不出来。那女人虚弱得已经不能用刑了,她已经被折磨得像个死人一样,但是嘴巴依然牢固如城堡。这的确令人沮丧。"

梅辛格紧盯着鲁道夫的眼睛:"鲁道夫少校,你连个女人都没办法对付,请不要告诉我,是我高估了你的能力。"

面对上司的责怪,鲁道夫少校从容不迫地笑了笑,仿佛对事态已有了十足的把握:"上校请不要着急。索菲亚是一个很坚强的女人,但是她的心事太重。这类人很容易做噩梦,而且很多时候会有梦语,他们很有可能会将白天死守的秘密,在夜晚的梦中泄露出来。"

"哦?索菲亚说梦话了?"

"嗯。我们在她的牢房内安装了一套最先进的窃听设备,任何一点轻微的声响都被记录了下来。上校请听。"鲁道夫按下了播放键。

播放器里传来焦灼的女人声音:"……孩子们,你们到上海了吗?你们还活着吗?项链,我们的蓝宝石项链……你们可一定要藏好啊!……上帝保佑犹太人,保佑沃伦斯基家族……"

话音刚落,梅辛格上校——这位一贯以稳重著称的军官突然起身,声音提高了一个八度:"很好,很好!鲁道夫少校,你的结论非常正确,梦话就是真话!"

"是的,上校。我们将这段录音放给索菲亚听,她捂住了自己的嘴巴,拼命摇头,浑身发抖,表情十分惊惧。我们试图问得更详细一些,但她拒绝回答任何问题,"鲁道夫的嘴角露出一抹诡异的微笑,"她宁可选择死亡。我们的军医本想用特别的方式成全她,可惜的是,可惜这个美丽的女人已经成为一副骷髅架,没等我们动手,今天早上,我们的看守发现她的身体已经凉了……"

"死了?"梅辛格显得有些懊丧。

"索菲亚虽然死了,但根据她的梦话判断,她的一双儿女都逃到了上海。而且,那串神秘的项链就在她的两个孩子的身上。"

梅辛格没有说话,只是来回踱着圈,他非常善于在下属面前摆出一副矜持和冷漠的架势。他把这当成是一种享受。

鲁道夫此时非常有信心,他知道他的上司现在对什么最感兴趣。因此,他自信地等待着上司的下文。

少顷,梅辛格踱到窗前,站定了,说:"鲁道夫少校,你提议的'黑狼计划'非常好!我们不仅要消灭犹太人,他们所有的房屋、黄金,特别是银行资产也应统统归于帝国!帝国需要这些!"

鲁道夫迅速地接话:"是的。现在,大批的犹太人到了上海,但他们的家人还在集中营里。他们一定非常想救出他们的家人。如果能够混进他们的社团,去告诉他们,让他们交出财产,这些财产将用于改善他们亲人的居住和生活条件,那么,他们就有可能愿意把所有的财产都交出来……"

"你说得非常好。要想办法把所有犹太人的财产都弄到手!其中,沃伦斯基家族的银行资产是重中之重,如果我们拿到了,那些累积了几代的巨额财富就变成了帝国的财产!"梅辛格迅速转动着眼珠,"依我看,鲁道夫少校,你应当亲自去趟上海。我认为,没有人比你更适合完成这项任务。"

鲁道夫沉稳地回答道:"没错,上校。"因为这是已在他的意料之中了,但是接下来,梅辛格还说出了一个他没有想到的决定。

梅辛格紧紧盯着鲁道夫,一字一句地说道:"亲爱的少校,在你去上海前,你不认为你这张脸,很有必要修理一下。"

"修理？您说的是，整容吗？"鲁道夫略迟疑了一下。他聪明的大脑需要快速地运转一下。

梅辛格意味深长地笑了："是的，整容！你难道不想做一个越狱的英雄？"

鲁道夫运转着的大脑突然卡住了："越狱？"

"是的。只有这样，你这个精通希伯来语的心理专家才能混入他们的圈子，成为他们的一分子。另外我告诉你一个好消息，我们忠实的党卫军士兵发现在集中营的附近，有抵抗人员在活动……好吧，就在他们的眼皮下，你去组织越狱，他们会看到你的壮举，结果我就不用说了……"

"我的年轻人，你建功立业的时候到了，大胆行动吧！"

六、逃亡者

这是一个阴沉、压抑的夜晚。

夜空漆黑,月亮早已缓缓地没入了黢黑的乌云之中,天空仿佛撒满了浓稠的墨汁,透不出一丝光亮。

一个疲惫的男人拖着一只黑色的小皮箱,肩上还背着一支步枪,出现在魔窟附近的森林里。他跌跌撞撞地走着,身体不住地摇晃,几次差点儿被盘枝错节的树根绊倒。他的同伴艾书林追上了他,劝道:"约瑟夫,你已经两天没有吃东西了,你这样下去是不行的……"

"别管我。"约瑟夫打断艾书林的话,此时的约瑟夫已焦躁无比,他不知道有多少天没有洗衣服了,身上已经发臭了,此时的他,满嘴都是泡,仿佛鼻子里呼出的气都是火焰,脑袋更是疼得像是要炸裂似的,为了寻找他那可爱的妻子,他已不知道奔波了许多个日日夜夜。五天前,刚刚踏上这里的土地,他就幸运地碰上了抵抗组织,似乎找到了一个港湾一样,他终于有地方可以倾吐了。他一边哭一边向战士们同伴们诉说着自己的不幸,控诉着德国纳粹的惨绝人寰的罪行。抵抗组织的蓬皮杜中校听了后,指定艾书林陪着约瑟夫来到那块诡秘的地方去看一下,可能有助于约瑟夫先生的寻找,至少可以使他不灭绝希望……

然而,此时,已经两天过去了,约瑟夫已筋疲力尽,尽管他两手抓住了树杈,但还是双腿发软,身子不自觉地往后仰。好在一棵松树恰好托住了他,他将背靠在上面,闭上了眼睛,缓缓地喘气,他感到自己是那样的无助。

一旁的艾书林也将手靠在松树上,急促地呼吸着。"如果这样,没等你找到索菲亚,你就会累死的!"艾书林说道。

约瑟夫沉沉地靠在松树上,喘着气,没有回话。

艾书林担心的轻声唤着:"约瑟夫,约瑟夫?"

"就算累死,我也要去试一试。你先回去吧。"约瑟夫沉默了一会儿,将两只拳头握得紧紧的……

艾书林呆呆看着他的表情,忽然醒悟过来:"嘿!伙计!你让我回去?一旦你出了事情,我可没有办法向蓬皮杜中校交代!"

约瑟夫慢慢支起了身子,又缓缓地大步向前走去。

艾书林一边疾步跟上,一边快速说着:"你看,前方几十米有一个高坡,从那里看集中营会很清楚。"

"嘘!小声点。"约瑟夫轻声警告着。

几分钟后,两人在高高的草坡上半蹲了下来。前面是一条小水沟,两旁丛生的半人高灌木成为他们的最佳掩护。两人透过灌木丛往外望去,隐隐约约只见远处黑影幢幢,似是一排排矮小的、整齐划一的房屋。这些房屋一板一眼,没有特色,无声无息,也没有一丝光亮。静极了,静得使人感到阴郁、压抑,仿佛那一排排房屋上空,笼罩着一层浓密的铅云,仿佛要将房子压塌似的。

尽管什么也没有发生。但不知为何,约瑟夫和艾书林都感到毛骨悚然。

"这就是关押犹太人的地方。德国纳粹对外宣称,说是让犹太人参加集体劳动,但成千上万的人被关进去,却没见出来过一个。听说都被他们秘密残杀了。"艾书林恨恨道。

约瑟夫掏出怀表看了看,时针指向半夜十一点。约瑟夫双眼直直地打量着铁丝网,喃喃地自语,说:"我的索菲亚会不会就在这里?"

"现在天这么黑,什么也看不到,"艾书林打了个寒战安慰他。随后,他又抬起眼皮望了望天,"我总感觉这里阴森森的。"

夜很快将过去。天快亮了,艾书林一觉醒来,发现约瑟夫像个狮子一样,仍瞪着血红的双眼,紧盯着前方。艾书林朝前望去,集中营的面貌已清晰地出现在他们面前。昨夜他们看见的一排排房屋,有着统一的黑压压的屋顶和暗红色的外壁,房屋外面矗着几处高高的哨所,可以想象,里面一定有如鹰隼般锐利的、时刻保持警惕的纳粹士兵。最外面,也就是离约瑟夫他们最近的,则是一大片一大片的铁丝网。

一个人也看不见,一点声音也没有,空气仿佛都凝滞了,在这里任何人都会感觉到"死亡"二字的恐怖。

一种诡异和可怕的气氛弥漫着。

艾书林咽了口唾沫,说:"约瑟夫,这里壁垒森严,连只蚊子都进不去,何况人?"

"艾书林,你还是先回去吧,我在这里再待一天看看。"

艾书林想到明天戴高乐中校还要召集他开会,于是无可奈何地说:"好吧,我先撤了。你保重。"

艾书林走了。约瑟夫仍然紧盯着前方,一边胡乱啃了几片干面包,又打开了水壶,咕嘟咕嘟猛灌了几口。冰冷的水浸透了咽喉,好像是在他那着火的心中浇上了一桶水,让他觉着舒服了一点……然而没过多久,他就开始打瞌睡了,昏昏沉沉、半睡半醒之间,他仍喊着索菲亚的名字。

"索菲亚,索菲亚,你究竟在哪里?"

又一个小时过去,天马上就要亮了。无数不知名的小虫开始从灌木丛中飞出,围着约瑟夫嗡嗡嗡地转。约瑟夫感到脸上、手上、脚脖子上一阵阵奇痒,约瑟夫拼命地驱赶着飞虫……

突然,一阵刺耳的警报声从集中营的那头传来。

约瑟夫一惊,猛然抬起了头。只见微明的光线中,有三个身穿蓝条囚服的人在离哨所不远处疯了一般迅速地穿梭,朝着他藏身的方向跑来。一束耀眼的探照灯光追逐着在前面奔跑的人……数名纳粹士兵提着枪在后面拼命追赶,警报越来越响,震耳欲聋,整个山谷仿佛都在颤动着。

发生了什么事情?约瑟夫紧张地直起了上半身。

三个蓝条囚服正朝着他的方向拼命地跑过来,他听到领先一人边跑边喊:"快点!跑不出去就是死!"那人体格健壮,一马当先,另外两人紧随其后。

突然,一道铁丝网横在他们眼前。

那跑在最前头的人气急败坏地吼道:"妈的!这群狗杂种!怎么多弄了一道铁丝网!"

身后一矮小的男子喘着气说:"想办法越过去,外面就是树林子了!"

三人仿佛看到了一丝曙光。那跑在最前头的人带领着其他二人向铁丝网冲去。

就在此时,一束探照灯光打到了三人身上。紧追不舍的纳粹们与三人仅相差六七十米!借着探照灯的强光,约瑟夫看见他们身后的追兵距他们越来越近,纳粹开枪了,子弹从他们身边飞过,枪鸣声和狗吠声混成了一片。

有人要逃出来了!约瑟夫一下子反应过来!他一把抓住了身边的步枪,迅速把子弹推上了膛,他在心底大喊着:"朋友们!快跑啊!"

枪声中,那矮小男子往前一扑,似是中弹了,另两人搀着他继续向前跑。没跑几步,那中弹的人忽然挣脱二人,一跃而起,整个人扑到了铁丝网上,用身体压住了布满铁刺的隔离网。瞬间,他的两只手掌都被铁刺穿透了,鲜血顺着蓝条囚服的袖口淌下来。他用流血的双手用力抓住铁丝,一步一步向上攀爬,仿佛要冲破生命的最后一道阻挠。

终于,那矮小男子爬到了铁丝网中央,将整个身体牢牢挂住了,拼命喊着:"踩着我的身子,爬出去!不要管我!活一个算一个!"

只见他的两个同伴稍稍犹豫了一下,紧接着便飞快地跃上那矮小男人的身子,再用力一跃,跳过了铁丝网。当他们落地的时候,身后枪声四起,无数子弹穿透了那矮小男子的身躯。那小个子男人无力地垂下头……

一滴滴的鲜血顺着铁丝网淌下来,渗透到那片充满罪恶的土地上。他的两个同伴听到他用微弱的声音喊出了最后一句话:"活下去,兄弟们,你们一定要活下去!"

"马诺!"其中一人回过头,撕心裂肺地大喊。

另一人一把拽住他,拼命向前跑。

约瑟夫看见那两人跑得越来越快,离自己越来越近了……胜利在望的同时,却也命悬一线!因为就在不远处,纳粹士兵正牵着狼狗从另一侧绕了过来!

约瑟夫挺身而出,脱下外套,一边挥舞着,一边大喊:"朋友们,到这边来!"正没命般奔跑的两个越狱者突然看见了约瑟夫,就像溺水的人发现了一根救命的绳子。他们饿虎扑食般一个箭步跨过水沟,不假思索地朝着约瑟夫所在的灌木丛扑过去。约瑟夫提起步枪和自己的小皮箱,又顺手把一包胡椒面洒在了地上,敏捷地一转身,引领着两个越狱者向树林深处逃去。

等纳粹士兵的军犬们追到,胡椒面发挥了作用,那些军犬被呛得不停地打喷嚏,灵敏的嗅觉顿时失去了用武之地。纳粹士兵快速窜进树林,但很快就迷失了方向,只是盲目地开着枪。

约瑟夫一边拼命奔跑,一边回头看,仓促间,不慎撞到了一支尖锐的断树杈上,一阵剧痛从左肩处传来。他匆匆一瞥,只见鲜血正从左肩上汩汩冒出来。他也顾不得多想,跌跌撞撞地跑着,终于,带着那两人来到了密林深处……

此刻,天已泛着微白,太阳就快出来了。三人在一条潺潺的小河边站定了脚跟,眼看安全了,两个逃亡者不管不顾地冲进了小河里,拼命地拍打着河水,冲洗着身上的污垢,肮脏的脸和手顿时变白了。他们又用双手捧起清漪漪的河水,大口喝着,像是要把整条河喝干。

约瑟夫扶住身旁的大树,喘着气,竖起了大拇指,"这里是我们抵抗战士的避难处,先生们,你们安全了,你们是英雄!"

他说这话的时候,双眼发亮,语气中饱含着敬佩。

似乎这个时候,两个人才注意到有人曾经帮助他们逃跑,他们同时把头转向约瑟夫,那种感激之情悠然面上……

"英雄?哈哈哈哈,英雄!我们逃出来了!我们胜利了!哈哈哈哈哈哈!"其中一个逃亡者大声肆无忌惮地大笑起来。笑着笑着,又忽然大哭了起来。他哭得是那样的伤心,过了一会儿,他便脱下身上的囚服,往草地上一甩,一个猛子扎下去,在湍急的河水里疯狂地游了起来。

过了片刻,那名逃亡者便气喘吁吁地爬上来,尽情地深呼吸了一口:"啊!这久违的自由的空气!我以为我再也不能这样呼吸了！鲁道夫,快告诉我,我是谁？我几乎不记得了！哈哈哈哈哈！"

另一名逃亡者鲁道夫显得镇静得多,他一边忙碌地往刚燃气的篝火中添加干树枝,一边笑着回答他的伙伴："笨蛋,你是斯维克。"

那名叫做斯维克的逃亡者长啸一声,就地一躺,任凭自己年轻而消瘦的身体舒展在大地上。约瑟夫看见,他那张泛着水光的脸庞在火光的映照下,散发着一种死里逃生、重获自由的狂喜。忽然,似是想到了什么,狂喜的笑容又凝固在斯维克的脸上："只可惜,马诺死了……"

显然,马诺的牺牲使斯维克感到有些儿沮丧。一种不可名状的悲伤又出现在他的眉间。

"是啊,马诺……要不是他,恐怕咱们也逃不出来……"鲁道夫添完树枝,也惆怅地往地上一躺。

一时之间,谁也没有说话。斯维克和鲁道夫静静地躺在大地上,享受着刚刚升起的太阳的光辉。清澈的河水在他们身边慢慢流着,像是还怀着刚才的记忆,还在留恋着这两个陌生人的体温,约瑟夫在一边的斜坡上看着这两个逃亡者,一种兴奋,一种敬佩,弥漫在他的心中……

片刻,斯维克慢吞吞坐了起来,用树枝拨拉着两下篝火,两人不约而同地向斜坡上的约瑟夫走去。

鲁道夫则向约瑟夫伸出了手:"这位朋友,多谢你的帮助。差点儿忘记问了,你叫什么名字?"

约瑟夫看了一眼鲁道夫。这名从容不迫的越狱者,长着一头略显凌乱的灰色卷发,上半张脸露出了浅碧色的眼睛和长而尖的鼻子,下半张脸则是久未修理的胡须。与斯维克的明朗相比,鲁道夫的面目显得有些模糊。

"我叫约瑟夫。"约瑟夫伸出手与鲁道夫相握,发现对方的手掌十分有力。他愈发生出一股敬佩之意,心想:这人能够死里逃生,能够如此勇敢、镇定……

"约瑟夫,连累你受了伤,真是非常抱歉,"鲁道夫用手指着约瑟夫的臂膀,"你的伤口怎么样?我帮你看看。"

约瑟夫侧过受伤的左边肩膀给鲁道夫查看:"一点皮肉伤,没事!大家都是同胞,帮助你们,就是帮助我自己。"

鲁道夫三下两下扯烂了蓝条囚衣,撕扯成好几根长条:"恐怕这不是简单的皮肉伤。你的伤口很深,要完全康复,恐怕得有一段时间。"

约瑟夫毫不关心自己的伤势,他最关心的只有一个问题……他直瞪瞪地瞅着鲁道夫,用急切的语调问道:"我的妻子也被抓进了集中营,但不知是不是在你们逃出来的这个地方。她的名字叫索菲亚,你们知道她吗?"

"索菲亚?"鲁道夫正在裹伤的动作不由自主地停了停,抬头看了一眼约瑟夫。

"是的。她是乔治·沃伦斯基先生的女儿。几个月前,她被抓进了集中营。"鲁道夫裹伤的手法极专业,但约瑟夫仍疼得浑身哆嗦,额头上渗出了一阵阵的冷汗。

"集中营里很多人只有号码,没有名字。"鲁道夫控制着内心的狂喜。"太好了!天底下竟然有这样巧的事",一个对他执行任务至关重要的人在他最需要的时候出现了,这是不是天意呢?鲁道夫装着若无其事的样子,慢慢地裹好约瑟夫的伤口,并熟练地打了个结,装着顺便询问的样子说,"对了,你的妻子长什么样儿?"

约瑟夫抬头看了看天空,此刻,天已完全亮了,鸟儿在树枝间啁啾着。如果索菲亚能在他身旁,那么这个世界就真的是很美。他叹了口气,垂下眼皮:"我的妻子长得非常漂亮,雪白的皮肤,黑亮的眼睛,就像天使一样。还有一头长长的红色的卷发,光泽如同绸缎一般。"

说这些的时候,约瑟夫的眼神中流露出一种如梦似幻的光芒,好像他的妻子就在他身边一般。鲁道夫打量着约瑟夫,脑子里已迅速评估出此人的利用价值,露出了一丝不易察觉的冷笑。他知道,此时此刻,此人脑子里还保持着痴迷的想象。他——鲁道夫,一定要沉着冷静,他提醒着自己。

沉吟了一会,斯维克说:"集中营里的犹太女孩都很漂亮,很多人都像天使,可恨的是,她们都被纳粹……"

斯维克停顿不语,紧接着对着旁边的一棵大树狠狠地捶了一拳,接着说:"可惜集中营里很多天使一样的女人都被杀死了!有的被绞死,有的被殴打致死,有的被枪杀,有的被拿去做了医学试验,有的被活活迫害折磨致死,有的被赶进毒气室,进入焚尸炉……很多很多,都死了!越漂亮的,死得越快!"

约瑟夫闻言面色煞白。他的拳头握紧了,猛然抬起胳膊,也想砸下去,岂料牵动左肩,鲜血迅速浸透了布条。

鲁道夫一把拦住了他:"约瑟夫,注意你的伤口。"

约瑟夫愤懑极了:"这群灭绝人性的禽兽!"

一边的斯维克怒火焚烧地跟着痛骂着。

鲁道夫打断了他们:"约瑟夫,你接下来有什么打算?"

"我要继续寻找我的妻子,然后去上海去见我的孩子们。我答应过要帮孩子们找到妈妈。"

鲁道夫斜视了他一眼:"你的孩子去了上海?"

"是的,我的朋友带他们去了上海,他们都说,上海那里是我们犹太人的诺亚方舟,"约瑟夫看着他的新朋友们,"你们呢？有什么打算？"

鲁道夫和斯维克烤着火，对望一眼。斯维克显得有些颓丧，不发一语，只狠狠地将干树枝扔进篝火中。

鲁道夫看着斯维克，试探性地说："斯维克，似乎我们也应该去上海。"

"上海？"斯维克举着树枝的手僵在了半空，转过头，直瞪着鲁道夫。

"我听说上海收留了很多犹太人，"鲁道夫站了起来，接着说，"而且，我们可以到一个码头弄到去上海的船票。"

"好，也只有先去上海了，"斯维克想了想，他跳了起来，并做了一个狠狠的战斗到底的手势，"先避一避，早晚要和这帮纳粹们算账。"

约瑟夫也站了起来，左肩剧烈的疼痛使他的身子微微摇了两摇。他龇牙咧嘴地扶住了身旁的松树，定了定神，虚弱地说："我也会和你们一起去上海的。"

"太好了，但是，我看你暂时不能，"斯维克看了看约瑟夫，接着说道："因为你太虚弱了。"他又问鲁道夫，"从这儿乘船到上海，要在海上颠簸十几天吧？"

鲁道夫答："可能还不止。"

斯维克伸出手，搭在约瑟夫的另一只肩膀上："你受了伤，在船上很不方便。万一伤口恶化,得不到及时处理,你的左胳膊很可能就废了。你只能等伤好了再去。"

约瑟夫没有回答,似乎在犹豫。这时,伤口传来一阵阵剧痛,他倒吸了一口冷气,面部有些抽搐起来。他又开始发烧了,不得不做出妥协:"好吧。看来我只能晚点儿再去了。"

"嗯。对了,约瑟夫,你的孩子在上海还好吗?"鲁道夫似是不经意地问着,"我和斯维克先到上海以后,或许可以照顾他们。"

"他们跟我的朋友大卫教士在一起。异国他乡,人海茫茫,他们具体在哪里落脚,我现在也不知道……"想起瑞娜和米沙利,约瑟夫的语气低沉下来,"唉,真希望他们能平安无事。"他想留个联系方式给鲁道夫和斯维克,便从上衣口袋里摸出了一张皱巴巴的报纸,又打开行李箱,里里外外翻找起来。

斯维克仿佛知道他要做什么,递过来一支钢笔:"用我的吧。"

约瑟夫说声"谢谢",接过来,忽然一愣。手中的这支钢笔,引起了他的注意。这是一支百利金的金笔,宝蓝色的笔身上雕刻着古典的花纹,笔帽上嵌着一粒小小的钻石,极富艺术美,这让他想起了妻子那条美丽的项链。他情不自禁说:"斯维克,你这笔真特别。"

"嗯,这是我从集中营里带出来的唯一的东西。半个月前一进集中营,我就把它藏了起来,直到昨天,我才把它拿出来,"斯维克悲伤地望着集中营的方向,"这是我父亲送给我的。上个月,他被纳粹士兵带走了……我想我这辈子都不可能再见到他了。"

约瑟夫叹了口气,他想起了他的索菲亚。他这辈子,是否也不可能再见到她了?他埋头在报纸的空白处写了一行字,将钢笔和纸条一起递给斯维克:"这是大卫教士留给我的地址,你们到上海以后,有什么困难,可以试着去找他,祝你们好运气。"

斯维克接过纸条看了看,又轻轻摸了摸钢笔,有些恋恋不舍地将它放入了口袋,并小心地拍了拍。

鲁道夫死死盯着那张纸条。他很想立即上前看一看,但他忍住了,他知道,此刻,沉住气比什么都重要。

充满惆怅和悲哀的约瑟夫,掏出怀表看了看。时针指向凌晨五点。他又抬头看了看天。此刻,天已经亮了,可原始森林的天空,被参天大树的枝杈割裂成一小块一小块的,看上去分外逼仄、昏暗。然而,白天的光线,始终是遮挡不住的,即便微弱、渺小、不足称道,它也会见缝插针穿透过来。

有谁能一手遮天?有谁能挡住阳光?

终于,穿越这片危险重重的森林,迎来的是广阔的、自由的蓝天、白云、清风、虫鸣、鸟语和花香……要和朋友们分手了,他们会到上海,会见到自己的一对儿女,约瑟夫的心悸动了一下,眼眶微微地湿润了。

斯维克知道约瑟夫为什么动情,他拍了拍他的肩:"约瑟夫,别担心,你的孩子会没事的。"

鲁道夫也向他伸出了手:"谢谢你。朋友,我们先走,咱们上海见。"

约瑟夫真诚地望着这两个患难的兄弟,艰难地伸出右臂……一字一句地说:"一定,上海见。"

七、端午节

转眼间冬去春来,到了黄梅雨季的初夏。江南的梅雨季节,连日的阴雨滴滴答答,绵绵不绝,以至于万事万物都逃不过潮气的侵袭。从石库门的屋顶到弄堂的水泥地面;从地板到墙壁;从衣物到被褥;特别是上海人的心情和天空的颜色一样,一切都是灰沉沉的,湿漉漉的,显得那样的沉闷。

但此时黄浦江的风是那样的可亲,它一阵阵拂过石库门的屋顶,拂过弄堂里粉嫩嫩的夹竹桃,拂过瑞娜欢欢喜喜生长着的密发。瑞娜的密发,仍是那样的火红,那随风飘逸的长发,竟长得比以前更长、更亮、更美丽了。

生命力啊,永远不会在沉默中灭亡。

这天早晨,瑞娜站在窗前,看着明媚的光线穿透半阖半掩的玻璃窗,落在旧屋的窗棂上。和往常一样,她拿起心爱的小提琴,拉起了妈妈教的曲子《远方的思念》。和风透过琴弦,惬意地撩起她的长发,阳光把她抖动着的影子映成一幅动人的画。此时,屋子里的一切都浸染着生命的温度。

闭上眼,瑞娜仿佛又见到了妈妈美丽的面庞,那怜爱的目光,仿佛就在昨天,仿佛就在眼前。琴声愈加缠绵,一声声倾诉着她对妈妈深切的思念。忽然,她好像看见妈妈出现了,她掩面在哭泣:"瑞娜,我听到你的琴声了。妈妈在一个阴暗的地方,这里一年四季不见阳光,寸草不生,连飞鸟都害怕驻足……瑞娜,你和米沙利一定要照顾好自己……"

瑞娜浑身一抖,眼泪不由自主地刷地流了下来,妈妈是她心中的天使,妈妈的坚强、智慧总是给了她一种力量。但是,妈妈今天传递给她的,是一种她从来没有感到过的悲哀。妈妈那里到底是发生了什么呢?

随着瑞娜的想象,琴声陡然急转,在空气中划出了一个刺耳的音符。在这刺耳的音符中,琴弦像被人在喉咙处割了一刀……琴弦拉动着音符,声音压挤着空气,一切都在这尖锐的忧郁之中悲哀、哭泣和呐喊……

她不知道,此时,有多少人打开了窗户,在静听着这来自心灵深处的苦痛的呐喊……

"犹太女孩在拉提琴,犹太女孩又在拉琴了。"周围的邻居们在诉说着,连街上偶尔路过行走的人,也在回眸寻找着,寻找着,这从来没有听到过的声音。

就像这世上有人善时一定有人恶,有人悲时一定会有人笑。此时,就有一人也站在离瑞娜不远的另一个窗口,却别有用心地奸笑着听着琴声。这人正是贾三桂。已经过去好几个月了,他额头上还贴着药膏,摔断的手臂还缠着绷带,可见那一跤把他跌得有多惨。他自然不会忘记,这一切是拜谁所赐。琴声骤然停顿,他瞄了一眼瑞娜所在的方向,吸了口雪茄,吐了口云雾,狡狯地笑了:"拉小提琴的红发女孩,嘿嘿,嘿嘿……"

窗前的瑞娜,终于呆呆地放下了琴弓。

米沙利"咚咚咚"跑了进来:"姐姐,外面有客人!"

瑞娜拭干眼泪,问:"客人?是谁呀?"她一边小心地把小提琴放入琴盒,一边移步,拉着弟弟的手跑下楼去。

此刻,阿根正站在瑞娜家的楼梯下。他那满脸的朴实和憨诚,让瑞娜一见就十分高兴。

瑞娜轻轻地揉了揉眼睛,伸出了手,说:"阿根,快请进。"

"旺财!旺财!"米沙利眼尖,一下子就盯住了阿根身后的那只小精灵,随着米沙利快乐的喊声,旺财窜了上来,米沙利蹲下去,握住了旺财的前爪,"我好想你哦!"

阿根看着瑞娜,轻声地说道:"以前我在点心铺炸油饼时,每天都能听见这优美的琴声,原来是你演奏的啊。只是,今天的声音听起来让人心里发寒、发抖……"

米沙利说:"油饼哥哥,我姐姐和我今天都在想妈妈……"

阿根没有说话,静了一会儿,转了个话题,说道:"瑞娜拉的小提琴,跟我家隔壁二胡大叔拉的声音完全不一样。"

瑞娜的心情有些低落,她的情绪还没有缓过来,所问非所答地说:"这曲子是妈妈教我的,它叫《远方的思念》。"

阿根随即羡慕地说:"你妈妈教给你的可真多啊!"

瑞娜点了点头,认真地、得意地说:"嗯,我妈妈几乎什么都会。"

此时,米沙利发现阿根手里提着的包裹,开心地问:"油饼哥哥,你又给我们送什么来啦?"

"哦,这是我娘特意为你们做的,"阿根把包裹递给瑞娜,"我想你们会喜欢的。"

瑞娜笑了,心里感到一阵温暖。接过那只朴素的土布包裹,怀着期待和珍惜的心情,打开一看,原来是一只小巧玲珑的香囊,用碧绿的、鲜艳的绸布缝制成一个工整的菱形,外头缠着红丝线,又编成穗子垂下来。看得出来,材料虽简单,制作却很用心。她提起来闻了闻,一股特殊的香味扑鼻而来。

哈默飞了下来,落在瑞娜肩头,叫着:"好香!好香!"

阿根笑着说:"这个是如意香囊,可以随身携带,它里面装着各种中药,可以驱虫、辟邪,也可以带来喜庆和吉祥。"

瑞娜含着笑,提起香囊,往胸前一挂,称赞道:"这真是我见过的最漂亮的礼物了!谢谢。"

看到瑞娜高兴起来,阿根的话也多起来"挂这个香囊,也是我们的一个传统。你们知道明天是什么日子吗?"

瑞娜和米沙利想了想,摇摇头说:"不知道哦……"

"嘿嘿,这也难怪,你们那儿没有这种节日。明天就是我们中国的端午节啦!每逢端午节,小孩都要戴香囊!"阿根喜气洋洋的,每逢过节,他就特别开心,"我娘让我请你们到我家过节,大家一起热闹热闹!"

米沙利一听,头一个跳了起来:"端午节!我也要跟油饼哥哥一起去!"

她说:"我回去同娜莎大妈说一声,怕她不放心。"

阿根爽朗地说:"好啊,我陪你去吧!明天你们可一定要来哦!我们的节日可热闹了,大家凑在一起,人越多才越有意思!"

"嗯,那明天我就带米沙利一起过去。"

端午节是一个纪念爱国者的节日,中国的老百姓们用自己的独特方式来纪念古代诗人屈原——这位家喻户晓的爱国者。

在感悟伟大的爱国情怀的时候,憧憬着未来祥和美好的生活。

第二天,和风轻拂,艳阳高照。弄堂里,家家户户门口都悬起了菖蒲和艾叶。还有一些老婆婆,在自家门口薰起了苍术、白芷。

一大早,阿根帮母亲打扫好屋子,就和旺财站在弄堂口,等候客人到来。不一会,远远地就瞧见瑞娜和米沙利走来了。瑞娜的长发梳得整整齐齐的,挽在了耳后,手里还捧着一束色彩艳丽的鲜花,映衬得她那雪白的小脸更加清秀可爱。米沙利呢,则一蹦一跳的,和哈默扑上扑下地玩闹着。旺财一见姐弟俩,兴奋极了,欢叫一声,一马当先迎了上去。

瑞娜看到旺财,蹲下来,摸摸它的脑袋:"旺财,你今天可真帅!"

旺财"呜"一声,眨巴眨巴眼皮,表现出一副温顺而又难为情的样子。哈默叫了起来:"旺财害羞了!旺财害羞了!"旺财一听,不服气地冲着哈默汪汪大叫。

阿根走上前,笑着说:"它天还没亮就出来等你们了,看把它激动的。"

瑞娜将手中的鲜花献给阿根:"这是在教士花园里采来的,送给你和你妈妈。"

"真漂亮!"阿根凑到鼻子下面闻了闻,"好香!"

米沙利连忙拍着胸脯说:"我也帮忙啦。"

瑞娜采了一朵粉红的小花戴在旺财头上:"这朵是送给你的!"旺财立即住了嘴,服服帖帖地闭上了眼睛。

一行人说说笑笑,向阿根家走去。旺财雄赳赳气昂昂地跟在他们后头。路过二胡大叔家时,忽然伸出一只毛茸茸的猴爪,毫不费力地把旺财头上的粉红小花摘了,换上了一根毛茸茸的狗尾巴草。旺财毫不察觉,只顾神气活现地朝前走,头上的狗尾巴草也跟着一摇一晃,滑稽极了!路过一个小水洼时,旺财忍不住低下头,想欣赏一下自己的"倩影"。这一欣赏,可把旺财吓了一跳!瑞娜给戴的粉红小花呢?

"咕咕咕咕……"就在这时,不知从哪儿传来一阵得意的笑声。旺财莫名其妙抬头一看——又是那只死猴子毛毛吧!那毛毛正站在二胡大叔门口的晾衣叉子上,掩着嘴,笑嘻嘻地看着自己呢!

旺财明白过来,火大得要命,昂着脑袋,冲着那小毛猴汪汪乱叫一通。那小毛猴熟视无睹,只顾肆无忌惮地笑着,一边在几根晾衣叉子尖之间上灵活自如地跳来跳去,根本没把旺财放在眼里。旺财吠了半天,连它一根毛都没碰到。两个小动物一闹腾,二胡大叔走了出来,笑着批评道:"毛毛,你怎么又在欺负旺财了？"

那只叫毛毛的小猴子一听,三下两下就跳到了二胡大叔肩上,还调皮地冲旺财挤挤眼。

阿根打起了招呼:"二胡大叔,早上好！"

"早啊。"二胡大叔是阿根家的老邻居了,为人十分和善。只见他扶扶眼镜,看了看瑞娜和米沙利,问:"哎？这两个孩子是谁呀？"

"他们是我的朋友,"阿根说着,转头向瑞娜和米沙利介绍道,"这位是二胡大叔,他拉的曲子好听极啦！"

瑞娜和米沙利礼貌地向二胡大叔问好:"二胡大叔早！"

"好,好……"二胡大叔摸着山羊胡,忽然"咦"了一声,认出了瑞娜,"你就是住在对面楼里的那个拉小提琴的女孩吧？"

瑞娜点点头:"不好意思,让您见笑了。"

"哈哈,哪里哪里,你拉的乐曲真好听,音色实在太美了！它有着一种想象力……"

瑞娜微笑着:"谢谢。我妈妈也曾说过,中国的二胡是一种特别有灵气的乐器,它的音色含有一种悲剧美,因此特别适合抒情。"

"说得真好哇,"二胡大叔精神一振,嗓门一下提高了一个八度,高兴地扬手招呼着,"大家快过来,快过来！来认识一下我们的新邻居!"这个里弄里二胡大叔可以说德高望重,有着一呼百应之势。

弄堂里的人们一听,正打扫的放下了扫帚、鸡毛掸子,淘米洗菜的放下了脸盆、箩筐,挂艾叶的放下了艾叶、熏苍术、白芷;大家纷纷从房子里走了出来……

渐渐地,瑞娜和米沙利身边围满了邻居。一位慈祥的阿婆捏了捏米沙利胖嘟嘟的苹果脸,稀奇道:"哪来的女孩,长得跟洋娃娃似的!"

米沙利抬起头,大声抗议:"我不是女孩子!"

"哟,还会说中国话呢!"

"真可爱啊!"

"抬头让我们看看。"

邻居们你一言我一语,可热闹啦。

"阿姨好!"米沙利怯生生叫着。

阿姨们一听,乐坏了。

"这孩子真懂事!"

"可不是,真惹人疼啊!"

邻居们纷纷拿出话梅和板栗等,塞给姐弟俩吃。瑞娜用手绢兜了满怀,不停地道着谢。一位梳着短发、穿着旗袍的漂亮姐姐还塞过来几把糖果:"给你们,这是用旧布换的糖!有空来我家坐坐哦!"瑞娜和米沙利被大家如此的热情和友善感动了,那糖果还没吃呢,就感觉心里甜滋滋的。要知道,在那个时节,糖果可是很稀罕的食品啊,平时里孩子们是吃不到的!

阿根替瑞娜和米沙利捧着那一大包零食和糖,走到家,就往桌上一放,擦擦汗说:"嗨,你们姐弟真是不得了!才来这么一会工夫,就有那么多人喜欢你们呢!"

瑞娜忽然想起了什么:"对了,上次那个坏蛋管家贾三桂呢?"

阿根"哼"一声,气呼呼道:"自从他摔断了手,就再也不敢嚣张了。我想,他一定是怕了。"

瑞娜还是有点儿顾虑:"但愿如此。我真怕他会找你和你娘的麻烦。"

"今天真是好日子,让我看看谁来了?"他们刚走到阿根家门口,周妈妈带着笑的声音就从屋里传出,她掀开打满补丁的旧布帘子,第一眼就看到了圆头圆脑的米沙利,"你就是米沙利吧?哎哟!好可爱呀!"

米沙利不认生的甜甜地喊道:"周妈妈好!"

"哎,真乖!"周妈妈高兴坏了,一手一个搂过姐弟俩,"来,快到里屋坐吧!你们都渴了吧,快进来!"周妈妈招呼着他们,给他们倒着水,又忙里偷闲地回头说了句,"阿根,你看谁来了？"

旧布帘子再次被掀开了。阿根正打算将大包的花生、瓜子捧进里屋，一抬头，惊喜地大叫一声："舅舅！"

一个魁梧的男人微笑着走了出来，一袭普通的青布长衫，难掩他脸上勃发的英豪之气。他笑着开口："阿根。"

来人正是阿根的舅舅周亮。阿根从小就跟舅舅特别亲。日本鬼子打进中国那年，舅舅参加了抗日队伍。每次回家探望阿根妈妈，舅舅都要抽空带着他到河里去摸鱼，到林子里去打鸟。阿根打得一手好弹弓，也是舅舅教他的。舅舅还老给他讲打鬼子的故事。他爹牺牲的事，也是舅舅告诉他的。

当下，阿根迫不及待地扑到周亮怀里，大叫着："舅舅，真的是你啊！舅舅，我好想你啊！"

周亮抱起阿根转了几个圈："阿根，让舅舅好好看看你。"

阿根抬起了头，一双乌黑的大眼睛，直愣愣地盯着舅舅。

周亮凝视着眼前的小阿根，情不自禁又回忆起了阿根他爹——周荣牺牲时的情景。

一年多前，那是在淮河边中国军队收复小尖庄高地的第三次进攻，惨烈的战斗已臻白热化，密集的枪声在天空回荡，殷红的鲜血染红了大地。中国军队的两个连包围了日军的阵地，冲锋一波接着一波，机关枪和火炮声不断，杀声震天⋯⋯

阿根的爸爸——连长周荣带领着战士们炸毁了日军最后一个碉堡。冲锋号响了,周荣带领着战士们奋不顾身冲上去,失去阵地掩体的敌人,被逼得节节败退,龟缩在一个土包上……这时,冲锋号又响起了,战士们像潮水一般涌上去……一颗子弹打过来,冲着最前面的周荣,一下子倒下了。周亮跑过去扶起了奄奄一息的周荣,强忍着热泪呼唤着他:"大哥!大哥!你没事吧?你要挺住啊!"

此时,周荣的呼吸已经非常急促,他艰难的伸出了手,一把抓住周亮,断断续续吐了四个字:"照顾阿根……"

周亮没有想到,这是周荣说的最后四个字。

"我好想你啊,舅舅……"阿根带着哭音的呼唤,打断了周亮的回忆。见到了舅舅,阿根心中万分高兴,可是不知为什么,他竟大哭起来。也许是因为,阿根同时也想起了牺牲的爹,他知道,他爹是一个硬汉。

站在一旁的周妈妈,已忍不住抽噎起来。

过了一会,母子二人的情绪稍稍平复些,阿根擦擦眼泪,问:"舅舅,你怎么来上海了?"

"我来看看你们,"周亮看着眼前的阿根,渐渐得从痛苦的回忆中拨了出来,感慨地说,"有日子没见了,小阿根都长这么高了。"

周妈妈也擦擦眼角,一把搂过瑞娜姐弟,向周亮介绍说:"对了,这两位犹太孩子是阿根的好朋友,姐姐叫瑞娜,弟弟叫米沙利。"

"孩子们,你们好,"周亮向瑞娜姐弟问好,"今天是端午节,欢迎你们来做客,我们大伙一块儿包粽子吧。"

阿根一听,一下舞着小拳头,一蹦三尺高:"粽子!太好啦。"

停在旺财头上的哈默,也挥舞着翅膀,起劲地叫着:"包粽子!包粽子!"

周妈妈笑了:"当然可以了。来吧,孩子们。"

瑞娜和米沙利受到鼓舞,对视一眼,摩拳擦掌,跃跃欲试,准备挑战"包粽子"啦!

那一刻,每个人的脸上都露出了快乐的笑容。节日快乐的气氛,充盈在这个贫寒的小屋内。

在周妈妈的招呼下,大家围着小方桌,开始包粽子。糯米、赤豆是周妈妈一早就洗好、泡好、拌匀的,绿油油、水灵灵的芦苇叶是周妈妈几天前就摘好、洗好、晒好、淖过的。周妈妈先给瑞娜和米沙利做示范,她拿起两张粽叶,将上面的粽叶压住下面粽叶的一半,再把两张粽叶折叠起来,折成漏斗状,然后抓了一把拌好的糯米和赤豆,放入那"漏斗"。周妈妈可是包粽子的老手,她这一抓,不多不少,糯米恰好与"漏斗"口持平。接着,周妈妈三下两下将剩余的粽叶折叠起来,直至把"漏斗"里的糯米全部包住。最后,周妈妈用棉线在粽子外面缠了几圈,打了个活结。一个三角形的粽子就这么"诞生"了!

周妈妈把粽子放在掌心,展示给瑞娜和米沙利看:"好啦,你们照着我的样子包就行了。"

瑞娜和米沙利一眨不眨地看着,两人都在想:看周妈妈的动作如此连贯轻松,好像也不难呀!我也试试看吧!

两人开始行动了。瑞娜学着周妈妈的样子,取过两张粽叶,白皙柔嫩的小手上下翻弄着,试了两次,一个漂亮的"漏斗"就折好了!她又一点点抓糯米进去,周妈妈说不够,她就再抓一点。她的手指纤长,看起来动作特别灵巧。米沙利人小,周妈妈特地替他挑了一张小粽叶,让他包一个小粽子。不过,那个小"漏斗"把他难住了,他想不通:为什么糯米一放进去,就刷刷流出来呢?他一会儿自己琢磨着,一会儿又看看姐姐。他一定要包一个好看的粽子。

过了一会儿,瑞娜的粽子就包完了,她拎起棉线,给周妈妈审阅:"周妈妈,我包得好吗?"

周妈妈一看,虽说有点歪歪斜斜,但是"像不像三分样",

已有粽子的模样,对于首次尝试的人来说,已属难得啦!周妈妈竖起了大拇指,夸道:"嗯,真好!瑞娜真是个聪明的姑娘!"

阿根也说:"瑞娜包的粽子好漂亮啊!"

瑞娜笑了笑,又扭过头,故意问米沙利:"米沙利,你的怎么样啦?"

米沙利赶紧把手藏在背后。大家都含笑看着他:"拿出来给我们看看吧,米沙利!"

在大家鼓励的目光下,米沙利才小心翼翼地把他的小"粽子"放到桌上。大家一看,忍不住笑啦。原来米沙利包的是一团奇形怪状的小东西,有的地方尖,有的地方扁,并且还没有系紧,还有几粒米散在外头。难怪他不好意思拿出来呢。

阿根笑着说:"我知道了,原来你包的不是粽子,是小鸡呀!"

周妈妈慈爱地说:"米沙利包的粽子,一定有鸡的味道。"

米沙利天真地问:"真的吗?"

周妈妈肯定地说:"嗯!真的!"

米沙利欢呼起来:"哦!太好喽!"

"哈哈哈哈!"大家都笑了起来。

粽子很快就包好了,周妈妈放到锅里去煮,还在锅内放了几个鲜鸡蛋和咸鸭蛋。瑞娜和米沙利守在锅边,好奇地看着,一切对他们来说都很新鲜,因为上海人就是这样在过节……

没过多久,粽子煮好了。周妈妈拎开锅盖,一股奇异的粽香扑鼻而来,那些碧绿的粽子统统变成了黄绿色,用手一按,软软的。鸡蛋和鸭蛋也染上了粽叶的黄色,变得特别好看。瑞娜剥开粽叶,咬一口,只觉糯米入口香软,黏韧而不腻,粘在牙齿上,满嘴甜香……

周妈妈看了孩子们吃着粽子,甜滋滋地笑着,随手又剥了一只鸡蛋,周妈妈剥出的蛋可不是一般的清香啊,咬在嘴里好滑嫩,米沙利大口大口地嚼着,吃得好香!坐在一旁的瑞娜看到弟弟这样高兴,心里边甜滋滋的。周妈妈还不停地给周亮倒着雄黄酒,阿根觉得今天妈妈的话比什么时候都要多,周亮面带微笑地看着大家,还不时地拍拍阿根的肩膀,阿根好得意啊!

这个节日,一家人说说笑笑的,过得异常快乐。

下午,阿根又带着瑞娜和米沙利去看龙舟比赛。远远望去,只见蜿蜒的河流清波荡漾,河上几十只龙舟,无不张灯结彩,锣鼓喧天。河畔菜花黄、垂柳绿,市民倾巢出动,有踏青、赏花、散步的,也有看龙舟喊加油的……

瑞娜和米沙利大开眼界,他们很快就加入到加油助威的队伍中去,和人们一起欢呼、呐喊着……

瑞娜和米沙利可高兴了,这时他们已经把自己当做上海人了。

八、索菲亚的日记

不知不觉天就黑了,玩耍了一天的米沙利,上下眼皮打起了架。周亮笑着说:"看米沙利有点支持不住了呦!"

瑞娜说:"谢谢你们,我们该回去了。"

阿根像个大人似的说:"我送你们。"

随手就把米沙利背在了背上。而米沙利呢,刚刚趴在油饼哥哥的背上,就睡着了。

仍是那条熟悉的小弄堂,昏黄的路灯下,瑞娜和阿根边走边聊起天来。

瑞娜羡慕地说:"恭喜你和舅舅又团聚了。"

阿根露出了憨憨的笑容:"谢谢,今天是我最开心的一天。"

瑞娜也想笑,可是却有点儿笑不出来。她的语气中含着一丝向往:"我想,能和亲人在一起,应该是最幸福的吧。"

阿根看了看瑞娜,问了一个隐藏在心中很久的问题:"瑞娜,你的爸爸妈妈在哪里?你为什么不去找他们?"

瑞娜一怔,垂下了头,过了一会儿,抬起头来,已有些忧郁:"我的妈妈被纳粹抓走了,我的爸爸还在欧洲,他一直想办法去营救妈妈……可是至今都没有消息,不知道他们现在怎么样了?"

"别伤心,你妈妈他们会平安的。"阿根侧头看了她一眼,安慰道。

瑞娜低低地"嗯"了一声。

阿根忽然想起了一件重要的事。他从口袋里掏出了珍藏了好几个月的那条宝石项链:"你已经付过油饼钱了,现在要物归原主了。"

瑞娜随手接过来,"叮"一声打开,望着里面的照片,泪盈于睫,轻轻地说:"这就是我妈妈。看到项链,我又想起了她。"

阿根被深深地感动了,停下了脚步,说道:"瑞娜,你别太难过了,你妈妈会没事的。"

瑞娜呆呆地望着妈妈的照片。望着望着,忽然灵光一闪,她合上项链,偏头对阿根说:"我们把照片拿去给大卫教士,请他为妈妈做祈祷,好不好?"

阿根点点头:"好。"他不知道什么叫祈祷,但想到,一定是好事。

摩西会堂离瑞娜和阿根的住处不远,不过五分钟,他们就走到了。会堂里,犹太社团的兄弟姐妹们还在聚会。讲坛前,点起了数十支蜡烛,温暖的烛火默默燃烧着,映照着人们虔诚祈祷的面庞。大卫教士、娜莎大妈、还有刚刚来到上海的鲁道夫叔叔也在,人们都说他是个大英雄。

阿根把熟睡的米沙利放到了长椅上。

长椅的一端,大卫教士和鲁道夫叔叔正在低声谈着什么。

"……我们冒着性命危险……从集中营逃出来……为了自由和复仇……但是,我们还要想到,还在那里关着的人……"

瑞娜远远听见了只言片语,心里便"咯噔"一下。来到上海的这半年,她听社团的大人们说得最多的三个字就是:集中营。爸爸也曾说过,妈妈被送进了集中营……

她看到鲁道夫叔叔是那样的神采奕奕,双眼精光闪烁,在烛火中绽放着异样的光芒。她听大人们说,他们是极度幸运的,因为他们竟然从那个地狱里逃了出来。现在,鲁道夫叔叔简直是一个明星,走到哪里很多人都会围着他,因为他创造了奇迹……

她幼小的心情能理解,鲁道夫眼中有一种异样的光,是一种劫后余生的狂喜和胜利者特有的风采?

大卫教士听得很专注,不时沉吟一声:"嗯……"

忽然,鲁道夫看见了瑞娜和阿根,他以一贯的热情和活力冲他们扬了扬手:"嘿!小天使们!你们好啊!今晚霍山路有交响乐演奏,你们不去凑个热闹吗?我说,瑞娜,你的小提琴也该露一手了。"

瑞娜微笑着:"不了,鲁道夫叔叔,米沙利已经睡着了,改天再去吧。我早就听说霍山路有一个露天音乐会,每次观众都不少,改天我一定带上小提琴,去给各位叔叔阿姨表演。"

瑞娜转向大卫教士:"尊敬的教士,我的妈妈也被送进了集中营,我想请您为她做祈祷,好吗?"

"瑞娜,我每天都在为你的父母做祈祷,"大卫教士站了起来,"不过,几个人一起祈祷的力量,远远大于一个人的。孩子们,你们跟我来吧,我要给你们看一样东西。"

瑞娜和阿根互相望了一眼,随着大卫教士慢慢上了二楼。大卫教士来到上海后,人愈发虚胖了,从他的眼神和讲话中可以看到,他充满了愁绪,在上帝面前,他是多么为犹太人担心啊……

静夜阑珊,木头楼梯在重压下发出咯吱咯吱的响声,在大家的屏息凝神中,显得格外响。

大卫教士到底要给他们看什么呢?

两人随着大卫教士来到二楼的书房。书房很大,四周贴着护墙板,深色、厚厚的木头使整个房间更显得压抑……

大卫教士从写字台里取出一把古铜色的钥匙,打开了嵌在东墙内的一只柚木书柜。那书柜很大,里面的书摆放得井井有条,还有一些资料。教士又小心翼翼地拉开了书柜最右边的抽屉,捧出一只精致的木匣。那木匣呈长方形,通体乌黑,挂着雕花的铜锁片,看上去已很有些年头了。教士又从一本大书的下面取出了一把小钥匙,随着铜锁发出的轻微的叮当声,那木匣应声而开。一股植物的馨香轻轻飘了出来,一本厚厚的红色笔记本出现他们眼前。那笔记本的硬皮封面上方,印着一颗简单、有力的大卫王之星。

大卫教士将笔记本递给瑞娜:"拿着吧。"

瑞娜接过,感觉出乎意料地沉:"这是什么?"

"这是你妈妈的东西,现在交给你。"

瑞娜"啊"一声,有些惊讶。她带着疑惑,随意翻了一下,只觉页面已十分陈旧,但几乎每一页,都布满了蓝色钢笔字——全部是妈妈的笔迹!页与页之间,还夹杂着许多五彩缤纷的花瓣、树叶,虽已干枯了,此刻却是标本,仍散发着淡淡的清香。她再仔细浏览了一下,发现每一页都几乎有诗、有画,说着心情、说着故事。一瞬间,瑞娜从妈妈年轻时的记忆中,看到了梦想、激情。

瑞娜惊住了,她欣喜地抬起了头:"是妈妈的日记?!"既是问又是答。

大卫教士露出了一抹微笑,深情地缓缓说道:"我和你的父亲、母亲,当年是同学,也是最好的朋友。"此时,这位教士从瑞娜的眼睛中看到了另一个人——索菲亚,他当年多么熟悉的人……

瑞娜的眼眶湿润了。她觉得自己手里捧着的,不是一本日记,而是一份最珍贵的财产,是妈妈留给她的财产!那些随手涂鸦的图画,那些随意挥洒的文字,究竟记录了多少美好的瞬间?挽留了多少时光匆匆的脚步?瑞娜在书柜旁边的椅子上坐了下来,她翻开了第一页,纸张有些微黄了,但是字体还是那么的清晰:

……我独自坐在校园里的大树下,专心描摹着眼前一株柔弱的小花。我不太清楚它的名字,但这不妨碍我喜欢它。对我来说,这宁静的午后时光是相当享受的。每当此时,我都能听到风拂过树叶的沙沙声,虫子唧唧的叫声,还有我自己轻微的呼吸声。甚至,我还能听到种子破土、树苗拔节、鲜花盛放的声音。只要我投入地去听,总是能听到。每当此时,我便感觉自己融入了自然万物,成为它们、它们,还有它们的一分子⋯⋯

快画完的时候,约瑟夫来了,他提着一只小藤篮走来,里面装着一支我最爱的圣堡庄园的红酒。对了,喝酒也许不是一个好习惯。但是,偶尔喝一点,也许值得原谅。毕竟微醺的感觉是如此奇妙,它总是让我忘了自己。灵感也总是在我忘了自己的时候来寻我。那时候的它们简直是成群结队的,一个接一个,让我应接不暇。可是,当我清醒的时候,它们又统统不见了。这真是太让我吃惊了。

约瑟夫走近了,他问我:"索菲亚,你又在写日记吗?"

"是的,约瑟夫。"

"大卫让我们去神学院找他。"

"哦,好的。"我站了起来。

我们边走边聊,我对他说:"听说东方有个城市叫上海,那里很美,我想去那里旅游,用手中的笔把那儿的一切都画下来。"他握紧了我的手,肯定地回答我:"嗯,我们一起去上海。"

"上海这个名字,我曾从父亲口中听过无数次,我曾无数次憧憬过它的样子。终于,我就要去了。"

大卫站在他们的一旁,也有一段时间了,他实在是不忍心去惊扰孩子,让她看下去吧。这个孩子正在一心一意地读着妈妈的日记,她是那样的可爱,但愿上帝能够保护好犹太人的后代……

瑞娜合上日记本,一时只觉得心潮起伏:妈妈,亲爱的妈妈,真没想到,我会以这种方式读到您过去的生活,而过去的您会以这种方式与现在的我交流……一时之间,瑞娜对大卫教士充满了感激:"谢谢您,教士,可是,您为什么会一直保存着妈妈的日记呢?"

大卫教士一边将书柜锁上,一边娓娓道来:"我和你的父母曾经在上海度过了一生中最美好、最难忘的日子。你知道,你外公是著名的外交官,一生之中,有近十年在上海度过,因此,你的父母也曾来上海生活过一段时间。而我,从神学院一毕业就被派到上海。几年后,你的父母回欧洲结婚、定居,我则常驻上海,偶回欧洲。他们把日记本交给我保管,作为临别的礼物,也作为那段日子我们在一起的纪念。我知道,他们是想把最美好的记忆留在上海。现在,每次看到日记,我都会回忆起当年的美好时光……"

说到这儿,大卫教士声音变得深沉而又温柔,眼中闪过一丝恋恋的深情。

"难怪外公、爸爸、妈妈从小就教我学中文,因为他们都曾在中国生活过……"瑞娜听完了大卫教士的话,喃喃地说道。

大卫教士送他们下楼。夜已深,楼下会堂里,橘黄的烛光依旧稳稳地亮着。这一团团昼夜不息的光芒,对背井离乡的人们而言,不啻为一种最妥帖的慰藉。借着它,流离失所、惊魂甫定的人们紧密地依偎在了一起,互相安慰,彼此取暖。

"记得当年离开的时候,你父母曾说,总有一天他们会故地重游,到时候,他们会再来看看这本日记。没有想到,他们还没能回来,我却带着他们的一双儿女先来了。而且,是为了逃避可怕的屠杀,……唉,这真是太残忍了。愿天上的主保佑他们能够早日到来,也保佑我们所有的犹太兄弟姐妹平平安安……"

大卫教士缓缓说着,在额头和胸口划了一个十字。

瑞娜听着听着,慢慢抬起了头,闭上眼,有一滴清澈的泪,从眼眶中倏然滚落,打湿了她的面颊,打湿了妈妈的日记本,打湿了窗外纤瘦的新月。那新月仿佛不忍见人如此伤悲,叹了口气,掩面躲进了乌云里。

会堂之外的夜空,变得愈加墨黑。

小雨,无声无息地飘了下来。是新月在落泪吗?

"妈妈,我好想你。你知道吗,今天是中国的端午节,中国的家庭都聚在一起,热热闹闹地过节。可是,我们一家人的团圆,又要到几时呢?"

此时的瑞娜又流泪了。

九、郁 金 香

　　看到了妈妈的日记,对于瑞娜而言,宛如沙漠里一汪清澈的甘泉,黑夜里一丛暖暖的篝火,又如崎岖山路上伸出的一只手,牵住了她瘦弱的胳膊,拉着她,一步步向上攀登。那些美丽的文字和图画,不仅传递了妈妈昨天的声音,在今天,更变成了一种召唤的力量。妈妈在她心中,就是一位神女,一个天使,她知道,虽然她的妈妈和其他孩子的妈妈一样,仅仅是个普通的母亲。但是,当她搂着弱小的弟弟为衣食发愁的时候,当她不得不独自面对痛苦的现实的时候,妈妈,就是她精神上最大的支持和依托。

　　每晚临睡前,瑞娜都要阅读几篇妈妈的日记。每晚她都提醒自己,今天只看一篇,留一点给明天看。可是,当她翻开日记,便好像回到了妈妈温暖的怀抱,觉得恋恋不舍、甘之若饴、欲罢不能,忍不住多看几页再多看几页,直至眼皮睁不开,手倦抛书,沉沉睡去。

　　……春天,又到了春天。春天,是个迷人的季节。每年的这个时候,酣睡了许久的大地总是披满了色彩。看,就在幽静的马路旁,高大的法国梧桐重又长出了碧绿的新叶……

　　……我喜欢上海,它焕发着一种特殊的魅力。来自世界各地的人带来了各自不同的风格,不同的语言、不同的思维在这里产生了碰撞,也产生了融合,使这座新兴的移民城市变得生机盎然,而又内涵丰富。不知道从什么时候起,我渐渐爱上了这里……

　　……终于,在我的两个荷兰朋友的指导下,我在楼下的花园里成功地栽种了很多不同颜色的郁金香。我精心地照料着那些娇嫩不堪却又艳丽无比的花儿,就像照料最忠实的朋友那样。每天早上醒来,推开窗,迎着晨风,我总能嗅到它们炽烈的芳香。荷兰朋友告诉我,郁金香代表着喜悦、热爱和幸福。是的,我能感觉到,它们正一点点改变着我的生活……

　　……今天清晨,我跑下去采摘了一大把红色的郁金香,悄悄插到了爸爸房间的花瓶里。我希望这些裹着晨露的花中精灵,能够带给父亲一整天的好心情……

瑞娜贪婪地阅读着这些温馨的文字。她太害怕读完的那一天太快到来,然而,在她的如饥似渴中,一本厚达三百多页的日记,还是在十多个静夜里迅速读完了。

妈妈曾在上海生活过,但这个城市给了妈妈如此多的快意和欣赏。瑞娜从日记中感悟到了,这种感悟使瑞娜对这个城市增添了许多亲近之意。在苏州河畔;在外白渡桥上;在外滩的大厦边;在大使馆里;在郁金香花园……哪里没有妈妈的身影呢?

瑞娜强烈地思念着妈妈,她幼小的心灵中把这种思绪变为了渴望走遍上海的大街小巷,寻找妈妈在日记里提过的每个地方。

阿根自告奋勇当起了向导。

这一天,瑞娜学校放假,阿根货栈的活也干完了。两人带着旺财、哈默、毛毛,一起去寻觅索菲亚在日记里写过无数次、画过无数次、美得令人心醉的郁金香花园。瑞娜并不清楚它具体在哪儿,可她相信,那一定是个梦幻般的乐园,值得他们去寻觅。

寻觅,本身就是一桩奇妙的事,不是吗?

两人手拉着手,来到如万国博览会般热闹的外滩。

起早贪黑的黄包车夫边拉车跑边在卖力地吆喝着:"让一让!让一让!"

年轻的报童在脆生生地叫卖着:"卖报,卖报啰!"

勤劳的阿婆们也在兜售着新采的香花:"栀子花,白兰花,五分钱买一朵!"

瑞娜觉得,这些曾经离她很遥远的、透着浓浓生活气息的市井之声,而今是如此的亲切可人。她凝神打量着这一切,打量着马路上来来往往、忙碌喧嚣的人流,打量着路边静止不动、沉默不语的各式建筑,今天她发现,自己过去从未留意过这些。

如果不是妈妈的日记,也许,瑞娜不会有心情,如此细致地打量这个在关键时刻接纳了她的城市。尽管她每天身处其中。可是,她只是每天将帽檐压得低低的,低着头,逃难似的、匆匆地、孤独地走过这个城市。

今天她才发现,虽然被侵略者占领土地的天空是灰色的,可是,人们的生活,永远带着一抹亮色。这可能就叫做"希望"。她也应该心怀希望,不是吗?

两个孩子在路上走着,走过了一条又一条里弄,忽然,她瞥见了什么,拉了拉阿根的袖子,小声说:"阿根,你快看!那应该就是我妈妈曾经住过的地方。"

阿根顺着瑞娜手指的方向望去,只见马路对面,有一座宽敞、闲适的大公园,透过雕花的铁栅栏,可以瞧见里面修剪得十分齐整的草坪。那大草坪旁,古树苍莽,树叶簌窣,鸟儿叽喳,如诗如画。但是他们似乎没有时间陶醉,就马上发现了异常:"瑞娜,那大门口站着日本兵!这里被日本人霸占了!"阿根大声喊着。

"是啊……"瑞娜也看见了,回声着。

阿根看了看瑞娜,她微微张着嘴,眼神中充满了向往,可是,很快,她便垂下了头,盯着自己的足尖,轻轻地、遗憾地叹了口气。

阿根拉了拉她的手,劝着她:"瑞娜,你别难过。"

"阿根,这是当年外公做外交官时所在的领事馆。妈妈在这儿生活过,亲手种过很多郁金香。真想看看妈妈在日记里提到的池塘、小桥、古树,还有鹅卵石铺成的小路……"

哈默一听,顿时也在动心地叫着:"小路,小路!"

爱凑热闹的旺财也"汪汪"地叫了起来,好像是自告奋勇地要去"领路"。

毛毛打了旺财一记,好像是在说:"呆子,就这么冲进去,我们都会被抓起来的!"

阿根笑着,灵机一动,一拍脑门:"我有主意了!瑞娜,走。"

要知道,密密麻麻的铁栅栏挡得住茵茵绿草,又怎么挡得住孩子们心中的思念之情?

瑞娜和阿根绕到大门侧面的弄堂转角处,正巧遇见了送饭的老伯。他们将事情简单地跟大爷说,求大爷能把他们想法领进去。大爷沉思了一下,用低得不能再低的声音说:"孩子们,跟在我后边,不要吭声。"

刚一到门口,站岗的日本兵就厉声喝问:"站住!"

阿根和瑞娜屏住了呼吸。他们跟在大爷身后,目不斜视,一动也不敢动。

那日本兵问:"干什么的?"

那大爷面带微笑,一副老实巴交的样子,说:"我们是送饭的。"

那日本兵看了一眼大爷肩头挑着的两只大食笼,心想:兴许今天长官们又想换换胃口了?禁不住口水淌了出来,深深地吸了一口气。

"进去吧。"那日本兵挥了挥手。

阿根和瑞娜紧紧跟着,一步也不敢落后。

那日本兵从背后警惕地盯了他们一眼,随后又把眼睛睁得大大的……

此时,毛毛骑在了旺财的背上,又把一顶破草帽戴在了头上,一边走一边晃悠,活像马戏团里经过训练的"小演员",一边还冲着日本兵做着鬼脸,竟惹得日本兵哈哈大笑起来……

一行人靠着浑水摸鱼,成功混入花园。旺财迫不及待地将两只前腿落在了地上,只听"哎呀"一声,骑在旺财头上的毛毛冷不防栽了下来,吃了一嘴烂泥,头上那顶松松垮垮的草帽也给摔在了一边。

毛毛跳起来,捂着脑袋原地转圈,像是在大骂旺财:"呆子,你想摔死我吗?"

阿根警告大家:"嘘!小点儿声,别被日本人发现了。"

原来,阿根让毛毛骑在旺财头上,又给毛毛套上了件刚从垃圾箱里捡来的破西服,虽说是猴脸狗腿,但在楚楚衣冠的掩护下,俨然是个"小怪物"。可怜旺财被罩在西服里,黑咕隆咚中驮着毛毛,凭着两条后腿走了好远一段,早已苦不堪言,刚进花园时,还吃了毛毛一泡尿,……为了大局,它也忍了……这会儿,当然要先松松筋骨,顺便教训一下那只死猴子。

可惜,阿根的提醒对毛毛和旺财管用,对瑞娜可就不管用了。眼前的风景,便如豁然展开的一幅绝美的画卷:宽阔而平坦的绿草坪,婆娑起舞的参天大树,随风抖动的树叶,怒放的鲜花,玲珑的小木桥,叮咚的流水,活力四射的喷泉,优美而恬静的一座座雕塑……整个花园,竟如仙境般美丽,美得让瑞娜想起了妈妈过去的生活……

"这里就是妈妈生活过的地方!"她欢呼着,雀跃着,张开双臂旋转着,"妈妈在这里写日记,在这里跳舞,在这里拉小提琴!她曾说过这里的每一朵鲜花都为她绽放!"

瑞娜兴奋地蹦到郁金香花丛中,招手喊道:"阿根,快来看呀!这是我妈妈亲手种的郁金香!好美呀!"

阿根急忙跟上,紧张地四处张望。他既为瑞娜来到了向往的地方而感到高兴,又为之不安。

他提醒着瑞娜:"声音小点,不要被抓!"

然而孩子们的动静太大了,来不及了,瑞娜的欢呼声惊动了三个持枪的日本兵。他们此时正快速朝这边跑来!阿根抬头一看,吓了一大跳!这可怎么办?

还是毛毛最为机警,"先下手为强",只见它三步化作两步迅速一跃,"嗖"的一声,率先窜到了第一个日本兵的肩膀上,一下子抓住了他的帽子,顺手向空中抛了出去。

那日本兵被毛毛尖利的猴爪挠得一痛,大吃一惊:"什么玩意儿!"一把抓住了毛毛的后腿,只觉得毛茸茸的,等看清是只猴子,不由得火冒三丈,一把将毛毛甩了出去,对着孩子们大声喝道：“你们是什么人，竟敢来这里？统统关起来！”

阿根暗叫一声"糟糕"，扑上去接住毛毛，又急忙张开双臂，勇敢地挡在瑞娜面前：“这和她没关系，有本事冲着我来！”

那日本兵抹了抹头上的伤痕，眉毛倒竖，大骂："八嘎！"举起了枪托，朝着阿根使劲砸去。

就在这千钧一发的危急时刻，突然一个冷若冰霜的声音响起来了：“住手！”那声音并不大，却带着不容抗拒的腔调。那日本兵举枪的手竟然停在了半空。

阿根和瑞娜都觉着这声音似曾相识。两人循声望去，只见那三个日本兵身后，不知何时出现了一个人影，依然是灰色的制服，苍白的面孔，拒人于千里之外的眼神。瑞娜记得，日本人都叫他"拓少爷"。

那三个日本兵见了拓，乖乖地放下了枪，毕恭毕敬地让开了路。

拓却一动不动站着，只淡淡说：“不许动粗。这两个人我认识，你们回去站岗吧，这儿交给我来处理。”

显然，那三个日本兵虽有狐疑，却也不敢反抗。愣着，"嗨"一声，便乖乖地撤了。

瑞娜拉拉阿根的袖子，小声说：“上次也是他救了我。”

"上次？"阿根随即想起瑞娜曾倒在这个少年怀里，自己还大声喝住他……阿根有些儿不好意思地挠挠头皮,对着拓说:"上次也是你……"

拓冷冰冰地打断他:"你们怎么跑到这里来了?这不是你们该来的地方,快回家去吧。"简短的几句话说完,转身就走。

瑞娜和阿根一时愣住了,又有些费解:"这个日本男孩好奇怪……"

哈默也扑扇了两下翅膀,跟着嚷嚷:"好奇怪,好奇怪!"

瑞娜看着拓的背影,轻轻地,却是肯定地说:"我觉得,我觉得他是个好人。"

原来,拓是从二楼的窗口看到了瑞娜和阿根他们的。他一直默默注视着他们,注视着这两个和他年纪相仿的孩子。他禁不住地有点儿羡慕他们欢歌笑语的样子。他们都穿着寒酸的旧衣服,可他们笑得是那么快乐。相比之下,衣食无忧的他,为什么老是如此的闷闷不乐,如此的胸怀不畅呢?他已经不记得,他有多久不曾笑过了。记得从小,爷爷就经常给他讲故事。爷爷是大学里研究《源氏物语》的专家。他是那么博学,有时他也讲一些日本民间的童话故事。那一个个活灵活现的人物都是美好的,正义的,友爱的……

看着爷爷慈祥、和蔼的面容,他知道爷爷希望他长大后也能拥有一颗善良的心和博学的大脑……爷爷身体不好,爸爸去世又早,在他八岁那年,爷爷就把他托付给了山本大佐。跟着山本大佐来到中国后,他亲眼见过日本军队枪杀中国平民百姓和战俘的情景,那些中国人对他们投来的都是仇恨的目光,这些目光让他从心底里感到胆怯、不安。这么多日本军队远远来到中国,会有什么结果呢?拓心中不得其解。

刚才,他其实很想同瑞娜和阿根走得近一点,和他们好好聊一聊,可是又生怕他们对他怀有敌意,毕竟,他们之间在现实中的距离那么远……

所以直到看着瑞娜和阿根安全地离开了花园,他才深深地叹了口气,回到自己的房间。

就在这时,山本大佐让人来找他了。

原来就在瑞娜和阿根走出会馆大门的时候,一辆军用吉普开了进来,车上坐着的正是山本大佐。看见两个陌生的孩子,从会馆里走了出去,山本大佐产生了深深的狐疑……

听到义父叫他,拓一惊,心中升起不祥的预感。他慢腾腾走到书房门口,正想敲门,忽听一阵放肆的媚笑声从门内飘出来。他一皱眉头,从门缝里望去,却见那个脑满肠肥的大胖子贾三桂正抽着雪茄,向山本大佐献媚:"嘿嘿嘿嘿!山本先生,你不用这么生气……"

拓皱了皱眉,敲了敲门,唤了声:"义父。"

长相干瘦的山本大佐坐在宽大的办公桌前,身后的墙壁上,悬着一幅巨大的华东区地图,愈发衬得他的脸十分尖瘦。他看了看拓,随即敛了微笑:"你来了。"

"是。"拓走到山本大佐面前,站定了。

山本大佐将脸一板:"拓,听说刚才你有两个朋友私自来会馆?其中一个是中国人,一个是西洋人。"

"噢……"拓迟疑了一下,"是的……"

山本大佐一拍办公桌,霍然站了起来,上身前倾三十度,盯牢拓:"我跟你说过多少遍了,不许你和外国人来往,特别是中国人!"

拓,不服气地一指贾三桂:"可是义父,他不也是中国人吗?"

"我?哈哈哈哈!"贾三桂十分不自然地摸了摸自己的左胸,苦笑道,"我和他们不一样,我是一心效忠大日本天皇的!"

"住嘴!"山本大佐严厉地呵斥道,"我看你是大大的不像话了!"

拓不紧不慢地说:"义父,你常说我们和中国老百姓之间要共荣共存,可是老是这么敌意,怎么共存?"

山本大佐勃然大怒:"还敢顶嘴?!"

"义父,我不明白,为什么要这样呢?"

"你给我出去!"

拓仍想表达自己的观点:"可是……"

山本大佐看着这个自己一手调教着的义子,竟然不听自己的话,他感到肺都快气炸了,当下一指门口,不容商议道:"出去。"

拓转身走了出去,"砰"一声关上了门。他随后靠在墙上,重重地吐了一口气,尽管遭到了义父的呵斥,但是他脑子里还在想着那个女孩——瑞娜。庆幸着今天总算没有出事。

山本大佐扶着办公桌站着,额上青筋直暴,太阳穴突突直跳,两只巨大的鼻孔一张一翕出着气。

贾三桂狡猾地瞄了瞄山本大佐的脸色,走近前,倒了一杯水递过去:"会长,您喝口水,消消气。您可千万别为这点小事伤了身体呀。"

山本大佐一屁股坐了下去,喉咙里发出"咕噜"一声。

贾三桂"嘿嘿"干笑了几下,不失时机地巴结:"我听说呀……"

"嗯?"没好气的山本大佐听出贾胖子话里有话,斜了他一眼,等着他的下文。

"我听说,刚才来的那个红头发的犹太女孩拉得一手好琴,"贾三桂"啪"一声打开折扇,殷勤地给山本大佐扇了扇,"下次有机会,咱们让她给您拉大日本军歌,您看如何呀?"

山本大佐牵牵嘴角,矜持地点了一下头。贾三桂不由得心花怒放,笑得更谄媚了。他知道,这回他想出的这个鬼主意,可能会让会长先生放松放松,而且……想到这点,他感到十分得意,一脸的横肉不禁微微颤动着……

没过几天,就在山本会馆里,又一件事情让日本男孩拓心惊肉跳。

一辆黑色的轿车开进了山本会馆大门,看门的日本兵对着车头上挂着的那面"卐"字旗毕恭毕敬的敬了个礼。车门开了,一位人高马大的德国军官提着一只沉甸甸的黑色皮箱走了下来,对着台阶上恭候他多时的主人打招呼:"山本会长,你好啊!"

"你好,梅辛格上校,"山本大佐也彬彬有礼地做了个手势,"里面请。"

两人进入会馆大厅。大厅一角的拓无意中瞥见了他们的背影,暗忖着:"这不是义父给我看过的照片上的梅辛格上校吗?德国盖世太保,这个魔鬼……他怎么来了?"

拓想一探究竟,便不动声色地悄悄跟了上去。

两人进了山本大佐的办公室。拓躲在门背后,从门缝里望去,只见梅辛格在沙发上坐了下来,放下密码箱,说:"我这次前来,主要是传达我们元首希望我们合作的意愿——在上海的犹太人,也不能放过他们。"

拓皱了皱眉:"这个混蛋……"

"为了表示我们的诚意,我特地从德国为山本会长带了一件罕见的礼物,"梅辛格说着,打开了随身携带的箱子,"这是由集中营里监禁的好几个国家的人的头发编织成的挂毯。"

山本大佐意外地"哦"了一声,见那箱子里整整齐齐叠着一条光芒四射的毯子。梅辛格上校将它抖落开来,那毯子竟有两个平方米的样子,全部是用头发精编而成。山本大佐不禁站了起来,睁大眼睛,震撼地看着眼前的艺术品。只见挂毯的左边,用黑发、褐发、灰发、白发交错编织着一只帆船,正吃饱了风帆,行驶在海面上。挂毯的右下角则是一轮缓缓升起的红日,如火焰般燃烧的朝霞铺满了近一半的天空,大团大团的红光透过云层,铺洒到海面上,将海水也染得通红。

那满天满地的、如宝石般灿烂的红光反射在山本大佐的小眼睛里,使他简直无法移开双眼。他咽了口唾沫,忍不住撅起屁股,伸出手去摸了摸那条挂毯。他发现,无数根头发,在这条挂毯上被安排得井井有条、毫厘不差,那种油光细腻、带有弹性的,富有生命质感的纹理使他露出了魔鬼才有的欢喜:"太好了,太好了……真是太迷人了……谢谢你,梅辛格上校。"

梅辛格上校挺了挺胸,说道:"这是不同肤色人的头发做成的艺术品。"他抬起手,指了指挂毯上方一大团红光与金光交错的朝霞,说:"这里是最接近太阳的地方,也是挂毯最精彩的部分。这是欧洲著名的沃伦斯基家族的美女——索菲亚的头发织成的。"

"沃伦斯基?"山本大佐头一抬,面露贪婪之色。

"一个富翁,一个真正的大富翁。"梅辛格挑高一道眉毛,他把身子往前挪了挪,压低了声音,"另外你可知道,欧洲的犹太人沃伦斯基家族有一条神秘的项链,被他的后人带到了上海?"

"哦。"山本大佐被这个话题吊住了胃口,此时他的眼睛睁得大大的,使得他的那张小脸更加不协调了。

"这条神秘项链的故事,已经变成了一个公开的秘密。这条项链本身价值连城,重要的是它还牵动着沃伦斯基家族巨额的资产,"随着语调的变慢,梅辛格上校压低了声音,"连我们元首都被惊动了。"

"哦?"山本大佐嘴巴张得大大的。

"只可惜这条项链,原本在沃伦斯基的女儿索菲亚身上,但是,我们没有能在欧洲拿到,现在只好在上海下工夫了。我想你一定会很好的帮助我们。"

"哦,是这样的!"

谈话在继续,梅辛格说话的声音越来越低,门外的拓断断续续听到几个字眼,胡乱猜测着,只觉得心中七上八下。这种不安的感觉攫住了他,使他浑身不舒服。他听不大清楚,又担心自己被发现,便想趁早走人。

就在拓蹑手蹑脚准备离开的时候,忽然从门缝里飘出这样的声音:"……拿到沃伦斯基家族的银行财产,拿到上海犹太人财富的'黑狼计划'一定要执行;'最后解决方案'也一定要执行!"梅辛格这几句话,说得一声比一声高,像是在宣誓。

此时,山本大佐好像面露难色,好像是在卖关子地说道"嗯,大量的犹太人到了上海以后,搞了不少社团……特别是他们和当地的老百姓搅在一起了,好像挺难对付的……抱团得狠呢!"

"关于这一点,我们是相信日军的力量的……"梅辛格以特有的语调像是在鼓励地说道。

躲在了门外的拓听得一清二楚。他一时僵在原地,冷汗从额头淌下来:"天啊!他们又要在搞什么?"

十、星空梦

端午节过后没几天的一个晚上,周妈妈坐在昏黄的煤油灯下,戴着老花镜,和周亮闲话家常。夜已深,周妈妈忍不住打了个哈欠。

就在这时,阿根推门而入:"娘。"

周妈妈抬起头:"阿根,你总算回来了,你舅舅有事要跟你商量。"

一旁的周亮笑着说:"阿根,我打算在码头租一家货栈,你来帮舅舅干活吧。"

阿根抬起了头,看了看舅舅,舅舅身材魁梧,像爸爸一样。自打爸爸牺牲后,他跟舅舅的感情好像更深了一步,在阿根的心中,舅舅就是一个英雄,舅舅让干的事一定没错。

"好的。舅舅你让我做什么,我都会去做好。"阿根说。

"好孩子。"周亮拍了拍阿根的肩膀,"记住,我要在货栈那里存放大量重要的物品,需要有人帮我照看,"周亮嘱咐着,随后又说:"下个礼拜,你就过来,你娘也同意。"

一旁的周妈妈,此时会心地点了点头。

其实,周亮这次来上海的目的,是为了帮助抗日组织重建购买药品和通讯器材的地下渠道。不过,这么重要的事,他暂时可不会告诉阿根。

阿根随后又有些不解地问:"舅舅,你不打日本鬼子了吗?"

"我也想打日本鬼子,不过这次来上海,我有更重要的工作要做。这个事情,同战场上打日本鬼子一样重要。"

阿根一听,这事竟然同打日本鬼子一样重要,那肯定是件了不得的大事。他"啪"一下立正了,举起右手,敬了个军礼:"舅舅,你就放心吧,有用得着我的地方,尽管吩咐!我阿根随时等候命令!"

周亮笑着摸摸阿根的脑袋:"呵呵,我们的小阿根长大了,懂事了。"

阿根"嘻嘻"笑了两声,忽然想到了什么,拍着手欢呼起来:"这下可好啦,以后跟着舅舅做事,我又可以学认字了!"

"呵呵,是啊。阿根,你要好好读书认字,将来做一个有用的人。"

"那我什么时候能跟你一起去打日本鬼子呢!"

"放心吧,你去打日本鬼子没有问题。但是眼下,阿根要和舅舅一起把货栈的事情办好。"

阿根,双脚立正说:"是!我一定把舅舅交办的事情做好。"

这天傍晚,眼看着一道道龇牙咧嘴的闪电几乎要将天空割裂,随着一声震耳欲聋的滚雷从头顶炸过,乌黑的天空仿佛被砸了个大洞似的,劈头盖脸的雨点倾盆而下。

阿根捧着一样东西跑进屋内,嗓门简直比刚才的响雷还大:"娘,娘!"

周妈妈放下了手中的针线活:"阿根,怎么啦?"

阿根将手中的宝贝举得高高的,兴奋得两眼直放光:"娘,你快看,舅舅送了我什么?"

周妈妈抬起头,透过老花镜片一看,奇道:"哟,好漂亮的闹钟啊!这么稀罕的东西是从哪儿来的?"

阿根笑着说道:"这是舅舅刚才送给我的上班礼物,明天我就要去舅舅的货栈啦!我可不能迟到啊!"

他叽叽呱呱说着,将小闹钟的闹铃拨向六点,"叮铃铃",一阵清脆的闹铃声猛然响起。正趴着打盹的旺财,两只耳朵一下子竖了起来,阿根被它逗得咯咯直笑:"旺财,吵醒你啦?"

周妈妈慈爱地看着阿根,良久,伸手摸了摸他的脑袋,笑道:"孩子,你长大了,也越来越像你爸爸了。"

"爸爸每次回家都叮嘱我,要我好好照顾您。娘,你可一定要注意自己的身体。"阿根像一个大人似的说着,可话音未落,一道巨大的闪电猛然在窗外劈过,闪得屋子内亮如白昼。

母子俩都被吓了一跳。

周妈妈担忧地看了看窗外:"今天日本兵搞戒严,估计娜莎大妈和大卫教士天黑前都回不来了。那两个外国孩子,怕是又得挨饿了……"

阿根也担心起来说:"下这么大的雨,他们会不会害怕?瑞娜说,她妈妈就是在这样的大雨天被德国兵抓走的。一到下雨打雷的时候她就会害怕……不行!我得上他们家看看去。"没等话说完,他已跳起来冲出门外。

周妈妈急忙站立起来追了上去,喊了句:"把他们叫到家里来吃晚饭!"

雷声隆隆中,雨下得更大了。

饥肠辘辘的瑞娜拥着被子坐在床上,双手紧紧地抱着自己的膝盖,看着窗外发愁。

窗外,狂风肆作,雷雨交加,煞白的闪电一道接着一道。她不自觉地颤抖了一下,将头也埋进了膝盖里,她的身体不停地抖动着,好像从后背开始发紧,紧接着就是疼痛,这种疼痛扩散开来又像箭一样扎进她的后脑。她不停地哆嗦着,耳边又传来了德国纳粹们歇斯底里的吼叫声,"抓住她,抓住她,抓住那个犹太女人……"脑海里妈妈被抓住的画面逐渐的放大,放大……紧接着便是一片苍白,白茫茫的思绪中,她忍不住痛苦地呻吟起来……

自妈妈被抓走的那天晚上起,瑞娜就得了这样一种怪病,只要一下大雨,她就开始犯病,她会不断地哆嗦,头疼得像要炸开一样……

可怜的米沙利不知所措地坐在床边,呆呆地看着发病的姐姐不知所措,两眼默默地流出了泪水……

此时,他连小肚子"咕噜咕噜"作响也不在意了,哈默则识趣地趴在床脚,耷拉着脑袋,一动不动……

十几分钟过去了,被疼痛折磨得面色发白的瑞娜掀开了被子,抬起了头,微微皱起了眉头:"唉,娜莎大妈可能又回不来了。"

米沙利小嘴一瘪,这才哭出声来:"姐姐,我好怕,我好饿啊!"

又是一声霹雳响起,瑞娜和米沙利吓得一哆嗦。随即米沙利大哭了起来,瑞娜赶紧抱着米沙利拍了两下说:"别怕,姐姐在这儿呢。"正在此时,"咚咚咚,咚咚咚",一阵急迫的敲门声响起。那声音敲得震天响,几乎盖过了外头的风雨声。瑞娜急忙跑去开门,门一开,迎面一阵狂风,吹得人睁不开眼来,风助雨势,呼啦啦冲入屋内,简直就像放进了一只猛虎。瑞娜用手挡在额前,这才看清是阿根站在门外,浑身上下都被雨水浇透了,发梢上悬着的水珠,正一滴滴掉下来。

瑞娜惊得发呆:"这么大的雨,你怎么来了?"

阿根咧嘴一笑:"下这么大的雨,我来看看你们!"

"油饼哥哥!"米沙利欢叫了一声,从床上跃了起来。

阿根好像听见米沙利小肚子里饿得"咕咕"在响,马上说:"走,到油饼哥哥家做客去。"

"阿根,这……"瑞娜深知阿根家的窘境,想要谢绝他的好意。"你家日子也不好过,娜莎大妈告诉我们,一定不能给你们添麻烦。我们怎么好意思再为你们添麻烦呢?家中还有一些娜莎大妈留下的咖啡和白糖……"

"咖啡只能提神,可不能饱肚啊!"阿根拍着胸脯说,"我可是瑞娜最好的朋友,米沙利的油饼哥哥!如果你们饿肚子,我也不开心啊!"

瑞娜和米沙利一听，都笑了。

"那好吧。"瑞娜不再坚持，勉强接受了阿根的邀请。

阿根蹲下身，回头招呼米沙利，"来，趴在油饼哥哥背上。"米沙利笑嘻嘻地走过来，从后面搂住了阿根细细的脖子……瑞娜打着油纸伞，三人在狂风中被吹得东倒西歪，好容易走到了阿根家。

周妈妈一开门，就看到了三只"落汤鸡"。阿根像刚从水里捞出来一般，裤腿一拧，湿答答全是雨水。瑞娜的头发紧紧贴在额头上，一进门，接连打了好几个喷嚏。只有米沙利，在瑞娜和阿根的保护下，雨淋得最少，但胳膊上、背上也湿了一大片。周妈妈用毛巾帮三个孩子擦头擦脸，又取出几件旧衣裳，让他们换上了。

瑞娜和米沙利饿了一天，早已有气无力。周妈妈赶紧盛了两碗菜粥给他们。这菜粥，是周妈妈为了招待瑞娜和米沙利特地做的。那是上次包粽子剩下的一小袋糯米，配上菜叶熬成的，熬得有些稀，虽汤多米少，但这热乎乎的菜粥对于孩子们来说，这都已是非常奢侈的大餐了。更加让人高兴的是，周妈妈还拿出了珍藏了多时的几个高邮咸鸭蛋。

米沙利高兴坏了！自从上次端午节时尝过咸鸭蛋的味道

后,他就爱上了这种中国特有的食品。周妈妈要替他剥,他自告奋勇地说:"周妈妈,米沙利能剥,我自己来!"

米沙利很快就剥好了蛋,将蛋白蛋黄全部放到了碗里。祈祷之后,米沙利一口气就把整碗菜粥喝进了肚子。周妈妈见他意犹未尽的模样,又为他满上了一大碗。

看到大家在"大吃大喝",旺财可沉不住气了,它瞪着眼睛直视着阿根,好像不大满意了,阿根一见,灵机一动,将米沙利扒完的空蛋壳放到了旺财面前逗它玩儿。旺财大喜,这可是逢年过节才能见到的稀罕东西,它"汪"的一声就扑了上去,伸出前爪,扒拉着蛋壳,想要将里面残余的蛋白舔干净。但那圆圆的蛋壳就像长了脚似的直打转,逗得旺财晕头转向。阿根和瑞娜看得哈哈大笑。

米沙利也笑,不过,笑了一会儿,他马上用勺子舀了小半块咸蛋黄出来,爽快地说:"旺财,给你!"

旺财开心极了,"汪汪"欢叫了两声,用脸蛋蹭了蹭米沙利的小手。

就这样,在周妈妈的热情招呼下,在大家的欢声笑语中,瑞娜和米沙利的小肚子慢慢鼓了起来。终于,米沙利心满意足地打起了饱嗝。

吃完饭,阿根拿出刚收到的礼物,迫不及待地展示给他的好朋友看。瑞娜和米沙利一看,原来是一只可爱的小闹钟呀!红色的身体圆圆的,银色的响铃鼓鼓的,白色的小脸盘扁扁的。闹钟的时针和分针仿佛静止了,而细细的秒针正滴答滴答走着。两人捧着,看着,摆弄着,摸来摸去,都是爱不释手。

忽然,瑞娜叹了口气,说:"看到这个闹钟,我又想起了爸爸。"

阿根问:"你爸爸也送过你闹钟吗?"

瑞娜摇了摇头,慢慢地说:"不是。我爸爸是个钟表商人,战争前,开过几家很像样的钟表店。他不仅是个商人,而且还是一名出色的机械工程师。他学过精密机械,也会修理各种钟表和仪器。"

阿根崇拜地说:"瑞娜,你爸爸好了不起呀。"

"是的。记得小时候,我经常趴在桌边,看爸爸戴着放大镜在灯下摆弄各种表,"瑞娜歪着头,眨着大眼睛,渐渐沉浸到回忆之中去,"那时候,他非常专心,别人不能打扰他,我问他问题,他也几乎不回答。好像只有这个时刻,他显得最快乐。"

说起过去,瑞娜的嘴角不自觉露出一丝浅笑,不过,很快的,她的眼中又漫过了一丝忧郁:"妈妈和大批犹太人被抓,爸爸让我们跟着大卫教士来上海,从此,便失去了联系……"

"瑞娜,你们的爸爸和妈妈一定会没事的,"阿根劝着,忽然用手一指窗外,振奋地说,"你们看,雨停了！走,我带你们上屋顶看星星去！"

沿着小小的木梯,几个孩子依次爬上了阁楼顶……

这是少有的雨过天晴,晴朗的天空犹如平滑的天鹅绒一般,所有的褶皱都已被雨水冲洗得干干净净。不计其数的星辰,争相闪耀着璀璨的光辉,缀满了辽阔的夜幕。石库门的青砖屋顶上,阿根、瑞娜和米沙利并排坐着,一同仰望着满天的星斗。

瑞娜忍不住挥舞着双手,发出一声赞叹:"哇,这星空好美啊！和我们那儿的星空一样美！"

阿根得意地笑了:"嘿嘿,漂亮吧！夏天,我最喜欢到屋顶上来看星星了。"

"阿根,你知道吗,我们那儿的星星也是这样的！特别亮,特别近,好像一伸手就能够摘到似的！"

瑞娜的话让阿根也想起了小时候的事情。每到夏天的晚上,爸爸和妈妈就喜欢带着他一起乘凉、看星星、讲故事,还教过他诗歌。"瑞娜你知道吗？有一首唐诗,就是爸爸带我乘凉时教给我的,说的就是咱们现在的情景。"

瑞娜欣喜地睁大了眼睛:"唐诗?！我妈妈说过,中国的唐诗非常迷人！我现在的学校里，老师也教唐诗，我还会背呢！你听，离离原上草，一岁一枯荣，野火烧不尽，春风吹又生。阿根，你把你爸爸教的诗，也念给我们听听吧。"

"好啊，"阿根站了起来，清了清嗓子，摇头晃脑，朗朗念道，"危楼高百尺，手可摘星辰，不敢高声语，恐惊天上人。"

瑞娜点点头："真好听！不过，这是什么意思啊？"

"这首诗的意思是说，有一座楼很高很高，起码有这么高，"阿根踮起脚板，将手比过头顶，"高得一伸手就可以摘到天上的星星，站在这座楼上的人都不敢大声说话，害怕吵到了天上的仙人。"

"嗯，这首诗真有趣啊！"瑞娜感叹着，"记得小时候，我们也常常和爸爸妈妈一起在花园里看星星，妈妈常在这样的夜晚拉琴给我们听。唉，我真想把小提琴拿来，在这里拉琴给妈妈听。"

米沙利一听，顿时呜咽起来："姐姐，我想爸爸妈妈了。"

瑞娜歪过头，看了看米沙利，想说点儿什么，可是张了张嘴，却又沉默了。她轻轻拍了拍米沙利，她不知说什么才好……此刻，夜风轻盈地吹着，吹动了她的头发，吹动了她对父母的思念、眷恋，也吹动了她的乡愁。

天上的星星你能回答我吗？

她看着夜空,用手一指:"米沙利,你看那边,那几颗连在一起的星星就是大熊星座,在它旁边的就是小熊星座。他们总是在一起,永远都不会分开。你还记得吗?"

米沙利似是想起了什么,兴奋地站了起来,大声说:"对!那个大熊是妈妈,那个小熊是孩子!"

阿根顺着瑞娜手指的地方看去:"咦,还真像呢!瑞娜,你真厉害,懂得可真多!"

瑞娜的手沮丧地垂了下来,伤心地说:"这是妈妈教我们的。"

米沙利依然很兴奋,他指着大熊星座上最闪亮的那颗星星,叫道:"油饼哥哥,姐姐,你们快看!那颗星星好亮啊!好像真的一伸手就能摸到一样。"

阿根抬头看了看:"哦,那颗星啊,爸爸告诉我,那叫北极星,在我们中国的传统上,它有着非比寻常的意义。"

瑞娜也看了看:"哦?说给我听听。"

米沙利一屁股坐了下来:"米沙利也要听!"

阿根说:"爸爸说,因为它在天空中的位置总是固定不动的,所以大家都把它当做指路的明灯,看到它就看到了希望。"

瑞娜喃喃重复着:"看到它就看到了希望……希望,我们总是有希望,爸爸妈妈,你们就是我们的希望……"

她抬起了头,深情地望着北极星。

阿根和米沙利也抬起了头,深情地望着北极星。

三人看着看着,慢慢分别进入了梦乡……

瑞娜一手拉着阿根,一手拉着米沙利。他们手牵着手,一齐飞了起来,飞呀飞,飞呀飞,飞上了白玉盘似的月亮,坐进了月亮船,飞到无穷无尽的宇宙深处。星星们就在身边眨着眼睛,对他们笑着。瑞娜伸出手,摘了一颗,戴到了头发上,真是太闪亮、太好看啦。忽然,远处有颗硕大的星星射出一束璀璨的光芒,好刺眼呀!他们情不自禁用手蒙上了眼睛。

"瑞娜!瑞娜!"咦?怎么前方有人在呼唤瑞娜的名字?

瑞娜小心翼翼地把手移开,只见那颗硕大的星星变得越来越大,如同北极星般耀眼的星光中,依稀出现了索菲亚的影子,好像正朝着他们挥手呢。

瑞娜揉了揉眼睛,想看得更清楚些,她急忙大喊一声:"妈妈!"她欣喜地张开了双臂,让月亮船顺着她的意念,飞快地向那团星光奔去。近了,更近了,她看清楚了:那星团分明是一座闪闪发光的宫殿!那宫殿漂亮极了,金碧辉煌,就像她小时候读过的童话书里的插图一样。

月亮船停在宫殿门口,镶满了璀璨珠宝的大门自动打开了。他们欢呼着跳下船,跑进去一看,天啊,这么大的房子!就在他们四处张望的时候,大厅里悬着的一副画像忽然飘了下来,飘到了他们的面前,他们一看,那是一个西装笔挺,体态丰满的慈祥老人,此时正在向着他们微笑呢。

"看,这就是我外公,沃伦斯基!"瑞娜向阿根介绍道,随后又大声地说:"外公,您好。"

"你们好,孩子们,早就在等你们了,随我来把。"外公亲切地说道。

就在这时,侧门开了,门缝里飘出阵阵诱人的香气。他们跟着外公,走了进去,原来里面是一个好大好大的餐厅!宽敞的长桌上已经摆好了精美而又丰盛的晚宴,秘汁烤鹅、熏鲑鱼、芝士牛油焗大虾、黑胡椒牛排、奶油浓汤……

"好香啊!好香啊!"米沙利大喊着。

话音刚落,他们就听见一个多么温馨而又熟悉的声音在说:"瑞娜,米沙利,你们终于回来啦!"

他们猛一回头,惊呆了!

"啊,妈妈!"米沙利大叫了一声。只看见索菲亚隐隐约约地飘飘然走了进来!

渐渐地,他们看见在索菲亚的身后,约瑟夫、大卫教士、娜莎大妈、周亮、周妈妈,还有许许多多不认识的人也显现出来……他们都在微笑着……

孩子们高兴极了！他们大声欢呼着！跳跃着！

"瑞娜！"索菲亚激动地张开了双手。

忽然，最意想不到的可怕事情发生了！

一群持枪的纳粹士兵出现了，贾三桂出现了，山本大佐也出现了！他们令人厌恶地狂笑着，挡到了孩子们和亲人的中间。

阿根大喊着："不要怕，冲过去！"

瑞娜和米沙利齐喊着："冲过去！"

此时，索菲亚突然高声叫道："瑞娜，瑞娜！快拿出咱们家的宝石项链！"

瑞娜立定了，迅速地掏出了怀中的项链，并高高举过头顶！

宝石项链瞬间仿佛神器一般，发出圣洁的光芒。一种巨大的冲击力扫向恶魔们，万丈光焰中夹杂着山崩地裂的响声，直对着纳粹士兵和山本大佐喷发出去。一群丑恶的人间恶魔们霎时粉身碎骨，灰飞烟灭……

瑞娜马上跑上前去，大喊着："妈妈！亲爱的妈妈！"她欢喜地伸出了小手，扑了上去。眼看着马上就要握住妈妈温暖的双手啦，这是多么幸福的时刻啊。

就在此时，"咚咚咚……"的声音传来。

原来是一阵阵敲门声。

孩子们从美妙的梦境中惊醒了。三人你望望我,我望望你,原来他们坐在阿根家的屋顶上,不知不觉睡着了。瑞娜的嘴角,还挂着一抹恍惚的微笑呢。

唉,原来刚才的一切,只是一个梦啊……孩子们还都意犹未尽呢!

接着,周妈妈的声音在底下响了起来:"瑞娜,瑞娜,娜莎大妈来了!"

三人一齐爬下了屋顶。

"……好容易等到日本人戒严解除了,想着孩子们又要挨饿了,紧赶慢赶赶回来。你瞧,都这个钟点了!我就猜孩子们在这儿……"娜莎大妈是个古道热肠的人,正拉着周妈妈的手,热络地说着话。

"是啊,这三天两头戒严的日子,可什么时候是个头哇……"周妈妈摇摇头,叹息着。

"可不是,这日本兵跟纳粹一样可恨。昨天他们在街上随便开枪,打死了很多无辜的人……"娜莎大妈正说着,一眼瞧见瑞娜和米沙利下来了,赶紧迎了上去,从篮子里掏出吃的来,"孩子们都饿了吧,我给你们带来了面包!"

米沙利笑着用手拍了拍小肚子说:"娜莎大妈,我们已经吃饱啦！"

瑞娜微笑着解释："娜莎大妈,今天周妈妈特地做了香喷喷的菜粥招待我们,我们都吃饱了。"

"哦,是吗？我们米沙利已经吃饱啦？"娜莎大妈怜爱地摸摸米沙利的头,又转向周妈妈,露出了感激的笑容,"又麻烦你们了,真不好意思。"

周妈妈和气地笑笑："不用客气,大家都是好邻居。"

娜莎大妈搂过瑞娜和米沙利："孩子们,打扰了周妈妈半天了,咱们也该回去了,快跟周妈妈说再见吧。"

"说什么打扰呀,孩子们在一块玩,热闹。"周妈妈站了起来,边说边把最后一个咸鸭蛋硬塞进了米沙利的口袋里,"瑞娜,以后放了学,经常带米沙利过来玩。"

"娘,我去送送他们。"阿根说着,跟着瑞娜一起出了门。

十一、码头来客

回家的路上,娜莎大妈右手扶在瑞娜的肩膀上,左手拉着米沙利,阿根紧紧地跟在后面……

此时的瑞娜还在兴奋之中,她向娜莎大妈讲起了刚才的美梦:"娜莎大妈,你知道吗,刚才在阿根家的屋顶上,我做了一个很美的梦!"

"真的吗?孩子。"娜莎大妈用手摸着瑞娜的头,她用爱惜的目光看着这对可怜的孩子……

"嗯,真的!"瑞娜的眼中闪烁着梦幻般的光彩,她用优美的手势比划着,形容着她的美梦,"我们在天上飞,飞呀,飞呀,天上的星星可大可亮了,一闪一闪的,发出蓝色的光芒,好美呀!"

娜莎大妈脚步停了下来,她蹲下了身,一把将俩孩子抱在胸前,慈爱地看着他们,说道:"唉……又想你们妈妈了吧……

我可怜的孩子们。"

站在一旁的阿根看到了,说:"娜莎大妈,瑞娜,米沙利,你们不要难过。我爸爸去打日本鬼子前曾告诉过我,我们遇到困难的时候要勇敢、坚强!"

娜莎大妈擦擦眼泪:"对,阿根说得对!我们大伙要坚强。"

娜莎大妈接着说:"来,唱支歌吧!孩子们,放开你们美丽的歌喉,唱支最喜欢的歌!"

"手拉手,手拉手,拉住你的手,走在街上,不回头,黑夜有尽头;

手拉手,手拉手,拉住我的手,困难再多,也不怕,我们向前走。"

一首童声合唱的歌声响了起来,开始是小声,越唱声音越大。

米沙利拍着手,跳着,笑着,偶尔也掺和着瞎哼两下。童稚的歌声洒了一路,飘荡在夜晚的弄堂里,也飘荡在他们纯真的心上,久久没有散去。

就在这个特别的夜晚,有一个人,不知不觉地开始走进了孩子们的天地。

就在孩子们在屋顶上做起了美梦的时候,这个人蜷坐在狭窄破旧的船舱里,随着翻涌的海浪,做着无边无际的噩梦。

事实上,类似的噩梦,他已经做了半年了。他总是梦到美丽的妻子在向他呼救。她满面是泪,不停地发抖,不停地哭泣,不停地呼唤着他的名字。鲜血顺着她的头流下来,迅速布满了她惨白的脸庞。他试图去抓她的手,可是每次她都悲惨地嘶叫着,被人拖走了。她的手指掐在泥土里,划出长长的血印,她划得那么用力,让他恨自己的无能为力。

一道闪电劈过,炸开了漫天的滂沱大雨,豆大的雨点噼里啪啦打在漆黑的海面上。他浑身一抖,从梦中惊醒,半睁着眼,困难地喘息着。他脑海中又闪过了那个曾闪过无数次的问题:她的长发呢,她如火的长发呢?

闪电刺目的白光穿透船舱的窗户,打在他的蜷曲的身上。他的脸憔悴不堪,可是,他半睁着的眼中,却闪烁着一种奇异的光亮。他抹了抹嘴角那从干裂的唇上渗出来的血丝,暗暗地握紧拳头。

船舱外,是无边无际的大海,一层层厚重的波涛翻涌着,推搡着孤独的轮船,茫然地前进着。天边的闷雷与隆隆的汽笛声交织在一起,回荡在黑暗的海面上,一阵接着一阵,绵绵不息。

过了不知多久,舱盖被打开了,一位船员猫着腰走进来,在成堆的木箱缝隙之间找到他,轻轻拍了拍他的肩膀:"嘿,朋友,你醒了吗?上海到了!"

他原本佝偻的背脊瞬间挺直了起来:"上海快到了!"

"是的,快趁船长卸货的时候下船吧!"随后,那船员费力地扶起他,一步三晃地走向舷梯。

他费力地喘息着,勉强说了四个字:"谢谢你们。"话音未落,一阵剧烈的不适袭来,他弯下了腰,用力地咳了起来。

好心的船员又将他扶上了码头,塞给他一团东西:"我们必须马上离开这里。这些钱,你拿好,祝你好运。"说完,船员目送着他,向前走去……

终于踏上了这块土地,他向往已久,梦幻的,但是没有想到,他竟然是如此苦涩地来到了这里。他没有能够找到他的妻子索菲亚,他将如何面对孩子们呢?

"孩子们,啊,我快要见到你们了……你们能原谅我吗?"他又心情复杂地望着那艘送他来到上海的货船。终于,腿一软,他倒在了码头上。

大雨倾盆而至,肆无忌惮地浇在他疲惫的身躯上。他用尽全部的力气撑起了半边身子,但只坚持了几秒钟,眼前一黑,又重重地倒了下去。他瘦削的半边脸颊,狠狠地撞在了冰冷潮湿的地面上。

鲜血,再度顺着他的嘴角流了下来。

他抽搐了两下,口中兀自含糊地说着:"我不能倒下,不能,千万不能,孩子们还在等着我……"

第二天早晨,六点钟,"丁零零",小闹钟准时响起,把阿根闹醒了。他揉揉眼,伸个懒腰,一个鲤鱼打挺从床上爬了起来。

"娘,我去码头上班了!"阿根将小闹钟往胸前一挂,哼着歌儿,蹦蹦跳跳地出了家门。

从家里到码头的路上,阿根一直在暗暗鼓励着自己:"从今天起,就要帮舅舅看货栈了,周阿根,你要加油啊!"

就要到码头的时候,忽然狂风肆虐,卷起飞沙走石,刮得人脸上生疼。阿根一边疾走,一边快速看了看天,只见天空乌云密布,阴沉得很,恐怕又要下雷阵雨了。他加紧了步伐,一路小跑着找到了舅舅说的地址,大老远就看到了"新运货栈"四个大字,心中一喜,乐颠颠就奔了过去。

阿根刚想进门,扭头一看,却发现旁边有许多人围在一起,在小声议论着什么。他好奇心起,挤进人群,只见地上蜷缩着一个外国男子,一头又脏又乱的头发,一身破旧西装已皱得不成样,而且浑身上下散发着一股难闻的酸臭味。

围观的人们议论纷纷:"你们听,他一直在呻吟。"

"他好像昨天晚上就躺在这里了。"

"是啊,今天凌晨,我看见有个好心人给他盖了一条毯子。"

阿根听着众人的话语,心想:这人好像病得很严重……他蹲了下来,推了推那个外国人:"先生,先生,你醒醒,你醒醒啊!"

那外国人微微睁开眼皮,看了看阿根,很快又无力地闭上了眼。阿根再次看了看天,使劲托起了那外国人的头,向围观的人们求助:"大叔、大哥,又要下雨了,拜托大家帮我把他扶进货栈吧。"

一呼有应,大家七手八脚地帮阿根把那外国人扶进了新运货栈。

阿根在货栈的库房一角腾出了一块地方,将两只大货箱拼在一起,在上面铺了块遮盖货物的土布,又找了个柔软的麻袋叠了叠当枕头,凑成了一张简易床铺。然后,阿根和伙计们一起,把那个外国人扶到了简易床铺上。

这一切才安顿停当,窗外便划过一道闪电,紧接着,雷声隆隆,哗啦啦,瓢泼大雨汹涌而至。借着闪电的白光,阿根清楚地瞧见那外国人双目紧闭,面色潮红,呓语不断,瘦得脱了形的身躯还不停地挣扎着,仿佛在与可怕的噩梦抗争着。

阿根一边拿块湿毛巾敷在他额头上,一边自语道:"这个人到底怎么了?"

这一天,阿根一边干活,一边照料着这个外国人。到了快下班的时候,那个外国人终于止住了呻吟,勉强撑开了眼皮。

阿根松了一口气,露出了欣慰的微笑:"叔叔,你醒啦。"

那个外国人痛苦地皱着眉,嘶哑地问:"孩子,这里是什么地方?"

阿根有些意外:"叔叔,你还会说中国话?这里是码头的货栈。"

那外国人吃力地坐了起来,迟钝地环顾四周,仿佛在回忆着什么。愣了半天,他才敲了敲自己的脑袋,有点清醒过来:"小朋友,是你救了我。"

"是我和伙计们把你扶了回来。"

"谢谢你。我叫约瑟夫,你叫什么?"

"我叫周阿根。约瑟夫叔叔,你从哪里来?"

"我从欧洲来。那边在打仗,德国纳粹在杀害犹太人,我和家人失散了,"约瑟夫低沉地说着,"我是来上海寻找家人的,大约半年前,我的孩子们来了上海。"

阿根倒了一碗水递给他。约瑟夫端着水,刚想喝,忽然看见清澈的水面照出了自己萎靡的病容。他嘴唇微张,呆呆地看着水中映出的那张陌生的脸孔,"这是我吗?约瑟夫。"他自语道。仿佛连自己都不认得自己了。他瞧了许久,叹了口气,又黯然地闭上了眼睛。

"唉——现在上海也不太平,"坐在一旁的阿根说了一句,随后又劝道,"约瑟夫叔叔,你还是先安心养好伤,再去找你的家人吧。"

这天晚上,阿根翻来覆去,怎么也睡不着。不知怎的,他总是想起约瑟夫叔叔的脸庞似乎在哪里见过。想着想着,他的脑海里忽然跳出了一个人:米沙利!

他们都有些卷发,特别是他们的眼睛都有着何其相似的神态……

这个约瑟夫叔叔会不会就是……

阿根暗暗下定决心,让瑞娜和约瑟夫叔叔见个面。

第二天一大早,阿根没等闹钟响就跳了起来,一口气跑到瑞娜家,"嘭嘭嘭"敲起门来。

瑞娜开了门,睡眼惺忪地问:"阿根,你怎么这么早来了?"

阿根喘了口气,说:"对不起,这么早就来找你,没打扰你休息吧?"

"到底怎么了？发生了什么事？"瑞娜见阿根跑得满头大汗，不由得有点儿紧张起来。

阿根咽了口唾沫，上气不接下气地说："我昨天在码头救了一个人，想带你去看看他！他和你一样，是犹太人！他说他是来上海找家人的，他说他叫约瑟夫！"

"约瑟夫！"瑞娜瞪大了眼睛，"我爸爸也叫约瑟夫！"

阿根也瞪大了眼睛："真的？你爸爸也叫约瑟夫？"

"是呀！"瑞娜激动地点点头，忽然想到了什么，又犹豫起来，"他长什么样？会不会……"

阿根拉起她的手："走吧，瑞娜，我带你去见见约瑟夫叔叔。他人很好，就算不是你爸爸，你也可以把他介绍进你们的犹太人社团，成为好朋友。"

瑞娜深呼吸一下，微笑着说："好的，我们去见见他。"

两人手拉着手，快步跑向新运货栈。一路上，瑞娜反复地想着：如果他真的是爸爸……不，不会的，不会这么巧……可是，万一他就是……天啊，快点让我见到他吧！她反复地想着，却是一句话也没有问。纵使她胸中有千百个疑问，可是，她忍着。

在胡思乱想和忐忑不安中，瑞娜终于来到了货栈库房门口。

阿根看看瑞娜。瑞娜伸出汗湿的小手,正要推门,却又缩了回去:"阿根……"她心中想的是:也许,亲爱的爸爸就在里面!

阿根笑着安慰她:"你别紧张,瑞娜。"

瑞娜看着阿根宽厚的笑容,鼓励着自己:"是啊,也许这一切只是巧合呢?"

两人推门而入。

阿根大声喊着:"叔叔!约瑟夫叔叔!"

无人应答。床铺整理得干干净净,上面并没有人。阿根感到意外:"咦,怎么不在啊?"

瑞娜一下子背转身,任凭一阵失望袭上心头。她握紧了双手,忍住了眼泪,低声说:"阿根,我知道你只是想让我开心。谢谢你。"

阿根急忙跑到瑞娜面前,认真地说:"瑞娜,你要相信我,真的有位约瑟夫叔叔。"

瑞娜看了一眼阿根的表情,他的表情告诉她:那个"约瑟夫"确实存在。阿根不像是会开这种玩笑的人,他说的一定是真的。她忍不住又看向床铺,想寻觅些什么。突然,一个似曾相识的东西跃入眼帘,她指着床头的货箱,叫了起来:"啊!那是……"

阿根转过头,见床头货箱上搁着一只金灿灿的怀表,下面还压着一张纸条。这是怎么回事?他疑惑地走过去,将怀表拿在手里,正想看纸条,忽然眼睛一亮!他看见这只怀表的表壳上刻着一个印记!这个印记他曾在摩西会堂门口,还有瑞娜妈妈留下的日记本上见到过,那是犹太人的标记——大卫王之星!

阿根又拿起了怀表下的纸条,只见上面写着两行工工整整的钢笔字:"周阿根小朋友,我急着找我的亲人。这块表留给你,作个纪念吧。"

阿根急忙把怀表递给瑞娜:"瑞娜,你快看,这是约瑟夫叔叔留下的!"

瑞娜一接过怀表一看,顿时泪水夺眶而出:"天哪,这是爸爸的怀表!"这块表对她而言,该有多么熟悉和亲切啊!那质感,那气息,此时此刻上面好像还留着爸爸的温度……

她心底有个声音在疯狂地呐喊:爸爸!爸爸漂洋过海来找我们了!爸爸真的履行诺言来接我们了。可是,他又去哪里了呢?

"爸爸!"她一下子痛哭失声,狂奔着冲出了门外。

她拼命地跑着,跑着,没有方向,没有目的,她只是觉得失望、悲伤、委屈,只有借着奔跑才能宣泄……终于,她一口气跑到了黄浦江边,感觉再也跑不动了。她弯下腰,扶着自己的膝盖,喘了几口粗气,很快就又直起了腰,对着江水,气喘吁吁地大喊:"爸爸——! 爸爸——!"

朝阳渐渐升起。清晨的江水带着一层雾气,看上去灰蒙蒙的。远处传来几声汽笛,像是对她凄凉的回答。风,吹动了她的长发,吹动了她额头密密的汗珠,也吹落了她凝在眼眶里的泪水。

"爸爸!你到底在哪里呀——?"

那天,黄浦江上的水手们,好像都听到了一个女孩伤心欲绝的呼唤。那含泪的呼唤是那么竭力,却又那么无助,回音袅袅地散开来,徒显江面的空阔。

十二、苦涩的重逢

瑞雪再次降落大地,染白了上海的大街小巷,染白了路旁高大的梧桐,染白了纵横交错的电线,也染白了层层叠叠的石库门屋顶。

一切都变得白茫茫的。

这是一个静谧的寒夜,天上弦月弯弯,银白的月光与洁白的积雪相互映照,相互交融,分不清是雪更白,还是月色更白?

就在这个夜晚,大卫教士来到唐山路,他要接瑞娜去摩西会堂。担惊受怕了一天的人们早早睡了,街上冷冷清清,反而增添一份宁静。人力车在银装素裹的弄堂里穿梭着,车铃发出丁零当啷的声音,在空旷的夜晚,显得格外清脆、悦耳。

瑞娜将小脸蛋缩在围巾和帽子里,过了好一会儿,实在忍不住心中的好奇,轻声地问道:"教士,您说的惊喜到底是什么?"

大卫教士温和地笑了笑,说:"呵呵,瑞娜,好孩子,到了你就知道了。"

瑞娜"嗯"了一声,便不再问,她掀开马车帘子,看了一眼天上的月亮。月光皎洁,明亮,无瑕,清寂,就像一位仙女睁着如水的双瞳,在脉脉地凝望世间。

大卫教士看了一眼她心思沉重的表情:"你就放心吧,一切都会好起来的,我们要有信心。"

瑞娜乖巧地点了点头:"是的,大卫教士。"

大卫教士听着瑞娜的回答,这声音虽然简短,但是音域有他多么熟悉的腔调,他想起了索菲亚,想起了他们曾经相处过的时光,她是那样的美丽、那样的有教养,几乎所有人都喜欢她。她给周围所有的人都形成了多么深刻的印象……如果说,人间有仙女的话,那一定是索菲亚。

摩西会堂很快就到了。大卫教士带着瑞娜上了二楼,在第一个房间门口停住了。瑞娜抬头看着大卫教士,眼神中打满了问号。

大卫教士露出了和蔼的笑容:"进去吧,有人在里面等你。"

瑞娜疑惑地、小心地、慢慢地推开了房间门。究竟是什么人,使大卫教士如此神秘呢?

当看到那个衣衫褴褛、风尘满面,有些陌生,却又无比熟悉的人影时,瑞娜不可置信地张大了嘴巴,傻在了原地。

那人张开了双臂,大声地唤她:"瑞娜!我亲爱的小瑞娜!"

瑞娜突然反应过来,大哭着扑了上去:"爸爸!"

原来,这就是大卫教士所说的"惊喜"啊!

约瑟夫充满倦色的脸上露出了久违的笑容,他一把抱起了自己的女儿,转了个圈儿。

"真的是你吗?爸爸!"瑞娜的泪水哗哗地流下来,"天哪,我不是在做梦吧?"

约瑟夫蹲了下来,吻了吻瑞娜满脸泪水的小脸蛋,叹了口气:"我的好女儿,爸爸也不知道做了多少这样的美梦。"

瑞娜靠在爸爸肩头,抽泣着:"爸爸,我好想你啊……"

"爸爸也想你们……"

瑞娜抬起头,发现昔日极爱整洁的爸爸如今灰头土脸、胡须拉碴,她摸了摸爸爸的胡子,心疼地说:"爸爸,你瘦了好多。"

约瑟夫也在仔细地打量瑞娜。他欣慰而又骄傲地发现,女儿的眼神中不再是柔弱、无助、楚楚可怜,而是一种经历世事后的勇敢与坚强。战争带来的流离失所、骨肉分离的苦痛,并没有摧垮这个娇滴滴的小姑娘,反而使她迅速地成熟了。

他站了起来,发现瑞娜的身高已经到他胸口:"我的小瑞娜长高了,变成大姑娘了,哈哈哈哈!"

瑞娜吸了吸鼻子,问:"妈妈呢?"

约瑟夫开怀的笑容一下子顿住了。他沉默了一会,一人径自走到桌子前:"我曾经答应过你们,要和妈妈一起来上海,可是……"他没有说下去,而是一拳砸了下去。

瑞娜一惊,忍不住焦躁起来:"妈妈怎么了?"

约瑟夫痛苦地闭上了眼。

瑞娜跑到桌子前,急急地拽住了约瑟夫的袖子:"爸爸,你快说,你快说呀。"

约瑟夫看着瑞娜焦急的神色,便将自己如何四处找寻索菲亚,如何找到集中营,如何遇到鲁道夫和斯维克二人,大致说了一遍。

"后来,鲁道夫和斯维克先一步来到上海。我没等伤势痊愈,就迫不及待地逃离了波兰,去了德国。我从柏林乘火车出发,到了意大利的热那亚,在那里登上了求生之船。我和货物一起在茫茫大海上颠簸着,船停停走走,经过苏伊士运河,到了科伦坡和马尼拉,终于停靠在香港……"

"爸爸,这一路你吃苦了。你怎么不等伤好了再来呢?"

"我心急如焚,急着来找你们,"约瑟夫轻轻摸了摸瑞娜的头发,继续说,"到香港时,伤口恶化,高烧持续不退,我已支撑不住了。在半昏迷状态中又煎熬了整整两天,才从香港抵达了目的地——上海。"

"爸爸,你真的不容易啊!"

"是啊,细数起来,我几乎在海上漂流了一个月。那段时间真是太漫长了,我缩在船舱里,看着每天的光线变幻,掰着手指头,一天一天数日子,"约瑟夫感慨着,"到达上海的那一刻,我的体力已经到达了极限,当时眼前一黑,一头栽在了上海的码头上。"

"啊!"

"虽然倒了下去,可我的心里反而踏实了,"约瑟夫微笑着,"因为我终于到了上海这块土地。至于接下来怎么样?接下来再说吧。"

"嗯,爸爸,我最近学到一句中国话,叫'吉人自有天相'。"

"是的,上帝总是保佑善良的人,所以,派一个善良的中国小朋友来救了我。"

"中国小朋友!"瑞娜叫了起来,"爸爸,他叫什么名字?"

"他叫周阿根。"

"啊!原来阿根救的人真的是爸爸你呀!"

约瑟夫一怔:"怎么,瑞娜,你也认识周阿根?"

"是呀!"瑞娜也兴奋地将自己如何遇到阿根,如何成为好朋友,如何带她去新运货栈找爸爸等前后的故事一口气说了一遍。

约瑟夫听完,充满感激地说:"原来如此。我不想给阿根添麻烦,所以那天早上,我早早离开了新运货栈。之后,我按着大卫留给我的地址去找你们,可是好心的路人告诉我,因为战乱,这里的人早就搬迁了。后来,我又想方设法找到社团、找到了教堂。直至前几天,我才见到大卫,也见到了鲁道夫。"

"就是逃出集中营的那位叔叔吧?"

"是的,就是他!他是一个了不起的人!"

"哦,对了,我到处找你们,去了很多地方,还去了你外公当年的使团所在地,可我发现,那里已经变成了山本会馆——日本人的机关。"

"山本会馆,我和阿根也去过那里,可恶的日本侵略军强占了那里,他们还想把我们抓起来。"瑞娜愤愤不平地说着。

约瑟夫叹了口气,摸了摸瑞娜的头发,"今天,我终于找到你们了,要是知道你和米沙利平安无事,你们的妈妈也一定会很高兴的。"

"爸爸,你不要伤心。上帝会保佑妈妈的!我跟米沙利每天都在为妈妈祈祷……"瑞娜握紧了小拳头,抬头看着约瑟夫,"我们一家人永远都不会放弃寻找妈妈的,对吧?总有一天,妈妈会跟我们相聚的!"

约瑟夫看着瑞娜懂事的眼神,又是一阵心酸:"我的好女儿……"

就在这时,鲁道夫推门进来:"约瑟夫,瑞娜,恭喜你们父女团圆。"

约瑟夫上前紧紧地拥抱鲁道夫,感激地说:"鲁道夫,又见到你,真高兴。"

"谢谢你啊,救命恩人。没有你我和斯维克是逃不出来的。"鲁道夫拍着约瑟夫的后背说道。

"我们能在上海再聚首,看来我们的运气都很好,"说着,约瑟夫此时瞥了一眼鲁道夫的上衣口袋,发现那里别着一支似曾相识的钢笔,他禁不住愣了一下,问道:"对了,斯维克呢?上次见面时间急,我也没有来得及问他的情况。"

鲁道夫脸色立刻沉了下来,忧伤地说:"他死了……"

约瑟夫问道:"怎么?他死了?"

"是的,我们在码头等船的时候,他病了,病得很重,没有药,连水都没有,眼睁睁地看着他离开了我……"

约瑟夫脑子里还留着那活跃的年轻人的脸庞,和充满活力的身躯,他十分难过,拍了拍鲁道夫的肩膀,没有说话。

此时的鲁道夫已经注意到了约瑟夫盯着他胸前的钢笔,连忙解释道:"斯维克临死之前,把这支笔送给了我,我永远都不会忘记他。"说这话的时候,他满脸惆怅和悲伤……

约瑟夫呆了呆,一种古怪的感觉在心中泛开来,他怎么也想不通,一个逃出了魔爪的年轻人,就这样失去了生命,怎么会是这样呢?他悲伤,他又不禁暗自问道。

那个夜晚,瑞娜欢快地哼着阿根教他们的《手拉手》,蹦蹦跳跳地牵着父亲的手,回到了唐山路的家。

米沙利正趴在地上玩硬皮书本搭房子的老游戏,门"吱呀"一声开了,他歪着小脑袋,从书本的缝隙里瞧见了一个憔悴的、瘦削的人影。

这一年多来,那个人影,米沙利只有在梦里才见到过。

"爸爸!"米沙利兴奋地跳起来,冲过去,一头扎进了约瑟夫的怀里。

"米沙利!我的好儿子!"约瑟夫俯下身,紧紧地拥住了米沙利,再也不想松手。

米沙利搂着约瑟夫的脖子,将脑袋埋在爸爸的肩头,不停地呜咽着,不停地喊着:"爸爸……爸爸……"

约瑟夫用手抚摸着儿子瘦弱的背,看着他松软的头发,闻着他身上天真无邪的气息,心中充斥着父亲无限的爱恋,一阵疼惜,一阵内疚,又一阵欣喜,止不住也流下了眼泪……

十三、做　客

约瑟夫的出现,让瑞娜从"小大人"变回了孩子,拾回了童年的快乐。灿烂的笑容,开始绽放在她的脸上,就像一束七彩的阳光穿透浓厚的乌云,洒在积雪初融的地面上。虽然微薄,可带着希望。

没过几天,学校放寒假了,中国的新年也到来了。大年初一大早,瑞娜和米沙利跟着约瑟夫去阿根家拜年。一路走过去,几乎每一条弄堂里都响着噼里啪啦的鞭炮声,震耳欲聋,喜气冲天。熟悉小姐弟俩的邻居们,都热络地同他们打招呼。二胡大叔还热情地拉着瑞娜和米沙利的手,问他们在上海住得习惯吗?最有意思的是,那小猴子毛毛趴在二胡大叔肩膀上,一个劲儿地朝老熟人瑞娜和米沙利做鬼脸,把米沙利逗得哈哈大笑……

踩着满地的碎红,听着邻居们的问候声,一团祥瑞之气扑面而来。约瑟夫被这种热闹、友好的氛围打动了,他想:也许,这就是中国人所说的"天地人和"吧。只是,他没想到,自己一双幼稚的儿女能够这么快、这么好地融入上海的生活。

为了迎接瑞娜一家,阿根全家忙活了好一阵子,掸尘扫房,除旧迎新,贴对联,挂年画,蒸年糕,煮汤圆……周亮还让人顺道从苏北带回来好大一块羊肉和两只土鸡。

这天早晨,阿根才往大门上贴了一个鲜艳的"福"字,刚一转身,就见到了他们的贵客。他回头大喊了一声:"舅舅,瑞娜他们来了!"

早已等候在屋内的周亮,立即站了起来抖了抖长衫,跨出门,迎了上去。周亮这天穿了一袭洗得干干净净的半旧的藏青色长袍,为了迎接客人,周妈妈还专门把长袍熨了一下,说人家是外国人,咱们都得收拾得利索点。果然,周亮穿上这身衣服,那魁梧的身材越发显得精神抖擞。

当下,周亮笑了笑,朗声说:"俗话说得好,有朋自远方来,不亦乐乎?但从来没想到,咱们家来了外国朋友!欢迎,欢迎啊!"

约瑟夫学着中国人的方式上前一抱拳,说:"您就是阿根的舅舅周亮吧?新年好啊!我首先得感谢周先生开的货栈,在我重病时收容了我。"

周亮摆摆手,笑着说:"不必客气。那是我们阿根的善举。"

约瑟夫笑了,冲着阿根,又是一抱拳,作了个揖:"阿根啊,你和你舅舅都是我的救命恩人啊。"周阿根有些不好意思了,学着大人的腔调说:"约瑟夫叔叔别客气,那是咱们两人的缘分。"

旺财在一旁伸直了脖子,竖起了耳朵,好像是在说:"瑞娜的爸爸好厉害,懂得中国人的礼节。"

毛毛跳上阿根肩头,探头探脑打量着约瑟夫。

约瑟夫笑着同毛毛打招呼:"你好啊,小猴子。"

毛毛现学现卖,也打着揖,逗得大伙儿都笑了起来。

一行人说说笑笑进了屋。周妈妈满面笑容迎了出来:"大家新年好啊!"见到米沙利,一把搂到怀里,摸了摸他的小脸蛋说:"我的好孩子,周妈妈想死你们了!"

瑞娜乖巧地说:"周妈妈,新年好!"

米沙利仰起了小脑袋:"周妈妈,我们也想你。"

"哎哟,瞧这孩子,真惹人疼,"周妈妈乐得合不拢嘴,转头叫道,"阿根,快把礼物拿过来。"

"好咧。"阿根应了一声,飞一般跑去了。

趁这功夫,约瑟夫打量了一下阿根家的环境。这是一间狭窄、简陋的小屋,屋角一张摇摇欲坠的老式床铺便是这间屋子里最大的家具。几块粗布拼凑起来的床单铺在上面,看上去分外粗糙,缝满补丁的蓝花棉被,有些局促地堆放在床角。床的左边是灰蒙蒙的水泥墙,上面贴着鲤鱼跃龙门的年画,对面则是两扇玻璃窗,窗子虽不大,但是擦得很亮。一张老红木的旧方桌摆在屋子的中间,几把凳子围成一圈,花生瓜子在桌子上摆了两堆,还有刚沏好的几杯茶,冒着热气。看来主人已经准备好了。

"请坐吧。"周亮笑呵呵地说。约瑟夫一家也不客气,坐定后,约瑟夫抬头扫了一眼,已辨不出颜色的天花板上,挂着一盏孤零零的灯泡,用一只白色的搪瓷罩子罩着,手伸长一点,便可以够到。

看起来,这些就是阿根家全部的家当了。约瑟夫难以想象,便是这样穷苦的人家,还要伸出真诚、温暖的双手,来帮助他的两个孩子。一时间,他的眼眶不禁湿润了,他动情地对周妈妈说:"我们这些人遭了难了,多亏了你们这些好心人对我孩子的照顾。"

"呵呵,别客气。这两个懂事的孩子啊,我真是打心眼里喜欢。"周妈妈正搂着米沙利,笑呵呵地说着,顺势亲了亲小男孩的额头。

正说着,只见阿根麻利地从阁楼上爬下来,高举着一件东西,没等他娘说话,他就抢先道:"瑞娜,这是我们为你准备的新年礼物!这是我娘忙活了好几天,特地赶做出来的……"

大家一看,原来,阿根手里举着的是一件鲜红的棉袄。瑞娜接过来,用手轻轻摸了摸,便能感觉到衣服里头絮了厚厚一层棉花,暖和极了。她瞥了一眼阿根和他娘身上洗得发白的旧衣裳,十分清楚这件棉袄意味着什么。她小心地捧着,仔细地看了看,这是一件中式斜开襟的小棉袄,可以看出,手工极好,剪裁得非常地道,针脚细密,缝得十分牢固。最精致的是,衣服领口、开襟、袖口、下摆处都镶着翠绿的滚边,盘扣也是用绿布包裹的,长长的,两头像两个花骨朵,非常显眼。

瑞娜的眼眶湿润了:"周妈妈,谢谢你。"

周妈妈笑道:"快穿上,看合身不?"

瑞娜应了一声,换上了新衣。当最后一颗扣子系上,大伙儿发现,这棉袄的大小、长短正合适,鲜艳、跳跃的红色更是含着温暖,含着喜气;含着幸福,含着浓浓的年味儿。愈发衬得瑞娜的面庞娇艳如花、白皙如雪。

大伙儿看着,齐声赞叹着:"真是太好看了!"

只有米沙利,羡慕地盯着姐姐的新衣裳,愤愤不平地撅起了小嘴。

阿根看了看米沙利,故意笑嘻嘻地问:"米沙利,你觉得怎么样?"

米沙利嘟着嘴,妒忌地说:"为什么没有我的呢?"

周妈妈说:"阿根快拿出来吧。"

阿根呵呵笑着,走到米沙利跟前。米沙利瞪大了眼睛,眼巴巴地瞧着阿根。忽然,阿根像变戏法似的,又从背后"变"出来一样东西:"米沙利快看!油饼哥哥怎么会忘了你呢?"

米沙利的眼睛瞪得更大了,并且瞬间散发出惊喜的亮光,就像被仙女的魔棒点亮的星星!只见阿根手上有一件"金光灿灿"的中式棉袄!米沙利"哎呀"大叫一声,乐不可支地捧了过来,立马换上了。大伙一看,那金黄的色泽映衬着米沙利的金发,真是神气极啦!只见米沙利学着爸爸的样子,朝大伙儿拱手作揖:"大家新年好!"

大伙儿开心地大笑起来。阿根捏了捏米沙利的小鼻子。周妈妈笑着搂住米沙利,亲了一下。约瑟夫则揉了揉米沙利的头发,蹲下身,替他把扣错的扣子重新扣紧。

瑞娜也拿出了精心准备的新年礼物,暖融融的羊毛手套是送给周妈妈的,钢笔则是送给阿根的。

周亮拿过钢笔看了看,说:"阿根,钢笔可是知识的象征,今后你可要努力学习啊。舅舅和叔叔们负责尽早把日本鬼子赶回老家,你呢,就负责好好认字、读书,将来报效国家。"

约瑟夫听着,心有所感,便接口说:"是啊,我们也希望你们早点打败日本侵略者,早日获得太平。"

周亮笑了笑,若有所思地说:"我们是一定会胜利的!"

约瑟夫点了点头,又感叹起来:"唉,真没想到,这日本兵也杀人如麻,跟纳粹们一样,都是魔鬼。"

"是啊,这群坏蛋连基本的人性都已经丧失了。不把他们消灭掉,我们就不会有安宁。"

约瑟夫深沉地说:"是的。其实,我到上海的目的,不仅要找到孩子们,还要和我的同胞一起,揭露纳粹迫害我们的罪行,和恶魔们战斗到底!"

"嗯!现在全世界都在反对法西斯,最后的胜利一定属于我们。"

一时之间,周亮和约瑟夫谈得颇为投机,谈到纳粹和日本鬼子的种种兽行,二人都是义愤填膺,谈到对和平生活的希望,二人又都流露出向往之情。

大人有大人的话题,孩子有孩子的乐趣。第一次在中国过大年,瑞娜和米沙利对中国人的习俗感到新奇不已。他们来到了门外,看到家家户户门上贴着的各种各样的漂亮春联,让他们备感新鲜。

"家—和—万—事—兴……"瑞娜一个字一个字念给米沙利听,"这句话的意思是说,只有全家和睦,做事情才能成功。"

不识中文的米沙利不停地发问:"姐姐,那这个呢?"

"这个呀,五—谷—丰—登,"瑞娜一边辨认着,一边慢慢念着,"六—畜—兴—旺……"

"这是什么意思?"

瑞娜想了想:"大概是希望获得丰收的意思吧……"

"姐姐,这个呢?你快看呀,"米沙利好奇地指着一户人家门上的两幅画儿,"这个对联上的人好漂亮!"

"这个呀,不是对联,我听二胡大叔说过,这是中国的门神,是中国唐代两位特别能打仗的大将军的化身!把他们贴在门上,能够铲除妖魔!"

"啊,真有意思!"

就在两人兴致盎然的时候,阿根跑了过来,还炫耀似的抱着一只肥硕的老母鸡:"瑞娜,米沙利,你们快来看!这是舅舅从苏北带过来的鸡!今天晚上,咱们炖鸡汤喝!"

正在阿根得意洋洋的当口,那只老母鸡竟然扑扇着翅膀,"咯咯"叫着,挣扎着飞了起来,阿根没站稳,反而坐倒在地,眼瞅着那老母鸡扑棱棱飞到了街上……

"不好啦!不好啦!母鸡飞跑了!"米沙利手指着刚刚飞出去的老母鸡,站在原地不停地跳着,嘴里哇哇大叫。

这下可热闹啦!孩子们都跑上去追老母鸡,旺财、毛毛和哈默也跟了上去,有的跑,有的叫,都紧紧跟在孩子们后头!一时间真可谓鸡飞狗跳!

"咕咕咕,咕咕……"那老母鸡拼命地奔跑着,惊恐地大叫着,满弄堂乱转。街坊邻居都跑出来看……

"母鸡快停下!"米沙利人最小,一时间却是冲在最前头,眼看着离那老母鸡只有一尺之遥,他看准了,用力一扑,却只抓了两根鸡毛。

就这样,孩子们绕着弄堂,气喘吁吁地跑了好几个来回,最后,还是阿根奋力一扑,一把抓住了它。米沙利高兴地大叫着:"抓住了,抓住了!"哈默绕着大家转着圈儿,起劲地重复着:"抓到啦,抓到啦!"

就在孩子们取得"战果"的时候,周妈妈站到门口,一边在围裙上擦着手,一边乐呵呵地大喊:"快把老母鸡交给我!"

孩子们乐颠颠地簇拥着周妈妈进了屋。进门一看,孩子们可高兴了:迎接他们的是满满的一桌菜!炝豆角,油爆蚕豆,小葱拌豆腐,咸菜炒豆芽,韭菜炒鸡蛋,蒸芋头,炒年糕……还有一大碗红烧羊肉!真是丰盛极了!菜都用大粗碗盛着,都是满满盈盈,热气腾腾,看了让人直咽口水……

周妈妈高兴地招呼着:"大家快点吃吧,咱们晚上再喝鸡汤。"

约瑟夫一看,忐忑不安地说:"如今你们日子过得贫苦,日本兵又戒严,能把一顿饭搞得这样丰盛,真是不容易啊。"

"嗨,这大过年的,总得想想办法欢聚一下呀,"周妈妈笑着说,"咱们穷人,也没什么好招待的,都是变着法儿做的家常菜。不知道合不合你们口味?"

约瑟夫笑了,让他觉得很是感激。没等他回话,周亮就开了一瓶正广和的乌梅汁,给他倒了点:"这是上海的老牌子,果汁味儿香浓得很,生津健脾,老百姓都喜欢,你尝尝。"

周妈妈又端上了一大锅热气腾腾的汤圆,盛了两碗递给瑞娜和米沙利,让他们先吃着。

米沙利舀起一颗,嚼了嚼,说:"咦?软软的,比粽子软多了!"顿了顿,看着汤圆里红彤彤的馅料:"这是什么?真甜啊。"

"这个啊,叫豆沙,我和我娘前天就把赤豆煮烂了,然后去皮,压碎,加糖,炒干,裹到了汤圆里。这个豆沙汤圆啊,可是过年才能吃到的。"阿根自豪地为米沙利介绍着自己的劳动成果。

"嗯……好吃……"米沙利正说着,突然感觉牙齿"咯嘣"

一下,顿时张大了嘴巴。

瑞娜看着弟弟奇怪的表情,问:"米沙利,你怎么了?"

米沙利的小嘴张着,涨红了脸,望着大家,不说话。

约瑟夫奇道:"米沙利?"站起来,扶住他,去拍他的小嘴。

米沙利转着眼珠,小嘴又蠕动了两下,忽然,"噗"的一声,吐出了一个圆溜溜的东西。

瑞娜立即拿在了手里,只见那东西黄灿灿的,外圆内方,玲珑可爱:"咦,这是什么?"

阿根拍手笑道:"恭喜你啊,米沙利,你吃到了铜钱!"

周妈妈笑着说:"这铜钱可有讲头,吃到铜钱呢,表示米沙利在新的一年里会心想事成。"

"啊!太好啦!"米沙利高兴地拍起手来。

阿根起哄说:"米沙利,你吃到铜钱,是不是应该为大家表演一个节目啊?"

"啊?表演节目……"米沙利咕哝着嘴巴,"我不会呀……"

瑞娜站了起来:"米沙利,我们就为大家唱首歌吧!我们来唱妈妈教我们的《小杜鹃》,好不好?"

大伙儿鼓起了掌:"好!欢迎瑞娜和米沙利为我们唱歌!"

瑞娜起了个头,米沙利大声地唱着,这旋律他太熟悉了!小时候睡觉,总是听妈妈唱这首歌。姐弟俩一曲唱毕,大伙儿拼命拍手叫好。阿根也接着唱了一首苏北小调《菜花黄》。

在一片欢声笑语中,大家过了一个穷人特有的新年,快乐得让大家暂时遗忘了战争带来的伤痛。

十四、愤怒的火焰

然而,就在这个新年之后,上海的形势越来越紧张。每天,空中都有战斗机飞过,刺耳的警报声常常将街上的行人吓一大跳。阿根眼见得舅舅似乎变得愈发忙碌了。新运货栈里,卸货和提货也越来越频繁。

孩子们的生活看似按部就班,实际上,在充满恐怖的日子里,他们的心情能不受到环境的影响吗?

瑞娜的寒假结束了。开学的第一天,当她慢悠悠地走进学校的时候,吃惊地发现校园里,操场上,走廊里,教学楼下,乃至每个教室的门口,到处都站着荷枪实弹的日本兵。师生们胆战心惊,默不作声地守在教室里,不敢擅动,偌大一个学校,竟然鸦雀无声。

"怎么学校里有这么多日本兵?"瑞娜走在通往班级的走廊中,愤愤地想,"这些日本兵到学校来干什么? 真是太霸道了……"她的心中充满了愤懑。

她打量着这些日本兵,这群到上海来耀武扬威的侵略者,耍什么威风……一股难以言喻的厌恶从她心中升起,愤怒使她的眼神充满着憎恨。刚刚在教室里坐下,老师就走过来说:"瑞娜,校长让你过去。"

"校长?校长找我做什么呢?"瑞娜有点意外。她的学习成绩很好,人又十分乖巧,从不惹麻烦,校长每次见到她都朝她微笑,他找自己应该是好事吧?

瑞娜有些不安地揣测着,快步来到了校长室门口,正要敲门,门却开了。她有些受惊地"啊"了一声,后退一步,一看,出来的却是贾三桂!她愣了几秒钟。贾三桂斜了她一眼,冷哼一声,走了。她满腹狐疑地瞥了一眼那个趾高气扬的背影,寻思着:他来做什么?

这时,校长的声音从里面响起来:"瑞娜同学,请进来。"

瑞娜走了进去,只见校长愁眉深锁地坐在办公桌后,半边脸似乎肿了起来,她惊愕地低声唤了声:"校长?"

校长清了清嗓子,摸索着戴上了他的眼镜,那是一副黑框眼镜,瑞娜发现,一面镜片已经碎了。校长稳住了声音,说:"明天晚上,学校要给日本人演出,瑞娜,你表演小提琴。"

瑞娜呆住了:"给日本人表演?"

这算怎么回事？这怎么可能呢？

"是的,给日本人表演。"校长重复了一句,"我没有同意,但是日本人很强硬。"

"对不起,校长,"瑞娜认真地说,"我不想去。"

校长皱着眉,看着瑞娜,看得出来校长也很无奈:"瑞娜,你的心情我能理解,说实话,我也很讨厌他们。不过,日本占领军什么事都做得出来,那个山本大佐指名要你表演,我曾经试图拒绝,但看来没有用,刚才贾三桂这个坏蛋还动手打了我……"

瑞娜看了校长一眼,深呼吸一下,咬了咬牙,仍毫不动摇地说:"我不去。"

校长站了起来,带着一脸的凝重。他用恳求的语气说:"孩子,为了我们学校,你去吧。让我们共同渡过这一难关吧！"

不管瑞娜心中有多么反感,做了多少无力的抗拒,这天晚上,演出还是如期举行了。学校旁的剧院门口,挂上了全新的大幅的海报,在闪烁的霓虹灯的映照下,瑞娜专注地拉着小提琴的形象是那么优美,那么醒目。

就在演出快要开始的时候,阿根轻弹着身上的尘土,经过剧院门口。说心里话,在货栈干一天活也不轻松,和舅舅在一起总是想替他分担一点,分担什么呢？有时阿根自己也说不清楚。舅舅那么忙碌,具体忙些什么阿根也不知道,不过反正是在做正事,阿根在货栈里,觉得自己是个大人,跑来跑去张罗着,再苦再累都有一种自豪感……

阿根正想着,无意中一抬头,见到了瑞娜的海报,喜道:"咦?这不是瑞娜吗?今晚她要在这里演奏小提琴?"他看了一眼剧院入口处,两个持枪的日本兵正把守着,打扮得十分体面的人们,正持票鱼贯而入。阿根没有票,这可怎么办呢?他眨眨眼皮,想了想,悄悄绕到了剧院的后门……

当阿根猫着腰偷偷溜进剧场的时候,台上的老师正在报幕:"女士们先生们,下个节目,小提琴独奏。表演者,瑞娜小姐。"

阿根一喜:哎哟,来得真巧!他在黑暗的走道里轻轻挪动着,悄无声息地移到台下,找了个不引人注目的角落,蹲了下来。

这时,坐在最前排贵宾席的山本大佐悠闲地吐了一口烟圈,并抬了抬下巴,似乎颇为期待:"小提琴?音色大大的好。"

贾三桂凑上脸去,得意地邀着功:"她将演奏的是大日本军歌。只要山本会长高兴,就是贾某人最大的荣幸!嘿嘿嘿嘿……"

另一侧的拓却是一怔:"……是瑞娜?"

众人怀着不同的心思,翘首等了好一会儿,台上却空空如也,不见表演者出来。台下有些骚动起来。

贾三桂按捺不住了,一边给山本大佐摇着折扇,一边抱怨着:"真是奇怪,怎么人还没出来?"

此时,瑞娜正抱着小提琴,表情僵硬地站在鲜红的幕布后面。借着强烈的舞台灯光向台下望去,只觉台下乌压压漆黑一片,什么也看不清。然而,她知道此时此刻山本大佐正坐在台下,跷着二郎腿等着看她的表演。一想到此,她就心中感到十分恶心。她觉得,如果今天她站到台上去,为和德国纳粹一样的侵略者、屠杀者,为这些魔鬼演出,对她而言简直是一种耻辱。如果妈妈知道了,也一定会多么伤心、愤怒,妈妈一定不会同意女儿这样做的!

报幕的老师看她的神色不对劲,不安地小声催着她:"瑞娜,该你上台演出了,快上吧。"

瑞娜暗暗咬紧了下唇,僵持着,一动不动。她要稳住自己的心,拉出自己的心中的"声音"。报幕的老师急了,以为她要拒不上台,竟一把将她推了出去。

瑞娜一个踉跄,被推到了台上。

前排的拓瞧得真切,自言自语道:"真的是她。"

贾三桂急得没顾上擦额头的冷汗,抢着说:"会长,她出来了,就是那个洋妞——瑞娜小姐。"

山本大佐精神一振:"嗯,犹太女孩。"他满意地眯起眼,吸了一大口雪茄。大口大口的烟圈吐了出来,透过烟圈他看到这个女孩子美丽极了!"好,好!"他情不自禁地说道。

瑞娜慢慢走到话筒前,站定了,冷冷地看着台下。就在这一瞬间,她突然变得从容起来。连她自己都想不到,她竟会这样从容镇定。她觉得自己已经长大了,她脑海里是妈妈把米沙利托付给她后冲进暴风雨的背影。她想:一切都无所谓了……妈妈会保佑我的。

观众开始窃窃私语。前排的校长坐不住了,站了起来,大声催促着:"瑞娜,快点!"瑞娜面无表情,从容地拿起琴弓,架到了小提琴上……

校长松了口气,缓缓坐了下去。可看着舞台上的瑞娜,他似乎有种不祥的预感。作为一名校长,在这种场合,他的内心很矛盾,他不得不让这个犹太女孩上台演出。可是当这个女孩真的出现了,他又多么希望她此时不要在舞台上出现……此时此刻,他已经保护不了她了,只有靠瑞娜自己保护自己了,但他觉得非常对不起这个外国女孩子……

瑞娜闭上了眼,猛然间弓拨动了琴弦。尖锐、高亢的音乐破空而响,校长的面部神经猛然一抽,像狠狠挨了一鞭子。瑞娜拉着,拉着,慢慢进入了激昂的状态。她的脑海里闪过一幕又一幕让人心碎的往事,她想起了纳粹残忍、丑陋、阴险的嘴脸,想起了霸占大使馆的日本兵嚣张跋扈的腔调,想起了平民百姓在恐怖中战战兢兢度日的辛酸。她想起了生机勃勃的家园瞬间化为寸草不生的焦土,想起了笑声朗朗的晴天从此变为热泪长流的暗夜,她还想起了善良而伟大的妈妈,想起了幼小的、无辜的米沙利生日那天的哭泣,想起了辛苦奔波、憔悴不堪的爸爸,还有仓皇逃命、流落异国的自己……她想到善良的人们在魔鬼的炼狱中无声地抗争着,他们用血与肉筑起了墙,阻止着邪恶,阻止着人类最丑恶的东西……

琴弦在思绪中迸发了强烈的痛苦、愤怒、谴责、冲击,每一个音符,都像火山般爆炸开来,岩浆般喷薄出来,礼堂里的空气在熊熊燃烧着,无比炽热。

一时间,台下所有的观众不约而同站了起来,这种无所顾忌的音乐,像是带着一种神奇的魔力,冲击着人们的耳膜,呼唤着人们内心深处沉睡的情感。这音乐,是轻轻地拉起,又是瞬间地抛出,这音乐在爆发式的愤怒和抗议中激荡着,激荡着,人们无声无息地站起了,无声无息地紧握了双拳,又无声无息地静默着,像一排排齐刷刷的高墙,巨大的压力无形地挤迫着最前排的"贵宾们"。

此时,站着的人们,在用心灵维护着最神圣的东西。

那些最有势力的贵宾们突然间感到背颈凉飕飕的力量,贾三桂禁不住偷偷往后看了一眼,顿时吓得像乌龟一样,把头缩进了脖子。

山本大佐起初还半闭着眼睛,微晃着脑袋,正准备细细地回忆在战场上叱咤风云的峥嵘岁月,但渐渐地,他感到有一种力量,似乎要把他从平地托起,又重重地摔下,摔得他四分五裂、粉身碎骨、灵魂出窍。尽管他对音律一窍不通,但是他所迷醉的大日本军歌没有出现,冲破他耳膜的分明是一支让他无法容忍的犹太音乐。他的脸渐渐地变了形,开始像一只憋足了气的紫茄子要爆掉,一会又像拉了秧的黄瓜头一样的充满了横竖的生纹。终于,他艰难地转过了脸,挺直了脖子,喝问那呆如木鸡的贾三桂:"贾桑,她拉的是什么曲子?"

贾三桂早已张大了嘴,下巴都快掉到了地上,哪里还说得出话来?

一旁的拓紧紧皱着眉,握紧了流满冷汗的手掌:"瑞娜,你究竟想干什么?你要小心,千万不要乱来啊。"

山本大佐忍不住了,猛地站起来大喊:"停下!你拉的这是什么曲子?"

激昂的旋律,在高潮处戛然而止。剧院内站着的众人,一片哗然。

瑞娜毫不畏惧地大声地喊着:"这是我妈妈教我的曲子——愤怒的火焰。"

山本大佐大怒:"八嘎呀路!给我演奏大日本军歌!"

贾三桂也用手指着瑞娜,狐假虎威叫着:"你给我识相一点!还不快演奏大日本军歌!"

瑞娜正义凛然地说:"我只会演奏妈妈教我的曲子,不会演奏什么日本军歌。"

山本大佐吼道:"胆子大大的!把她给我抓起来!"

两个日本兵冲上台,架住了瑞娜的胳膊,把她拖离了麦克风。瑞娜奋力挣扎起来:"让我把话说完!"

山本大佐气急败坏地喊道:"不许她说话!"

蹲在台下的阿根起初只闻声音,不见瑞娜,等他扒开人群,瞧见了台上情形,不由得大急,箭一样冲上了舞台:"喂!放开瑞娜!你们凭什么抓人!"

台上,瑞娜在奋力抗争着:"放开我,放开我!"

阿根一边大叫"放开瑞娜",一边奔跑着扑上去,拉住了一个日本兵的手腕。他很想把那日本兵拉开,怎奈何他人小力气小,哪里是日本兵的对手?

阿根发怒似的牛脾气一上来,那是什么也拦不住。他咬紧牙关,拼起了小命,死死掐住日本兵的手,要把他拽开。那日本兵火了,飞起一脚,将阿根踢了个趔趄。阿根哼也不哼一声,一骨碌爬起来,猛然张大了嘴巴,一口咬在那日本兵的手腕上。

那日本兵"嗷"的一声,低头一看,手腕上竟落下了两排深深的血印子!他顿时两眼冒火,抖了抖手,反手夺过瑞娜的小提琴,"砰"一声砸在阿根头上。阿根只觉脑袋"嗡"的一声,身子晕晕乎乎晃了几晃,他本能地伸手一摸,黏糊糊的鲜血从指缝里流了下来。

"阿根!"瑞娜凄厉地叫着。那小提琴从阿根头上弹开来,"噔"一声掉在舞台上,琴把断了。

台下的人群沸腾了,有人愤怒地大声抗议:"你们凭什么抓人?"

有人厉声质问:"你们为什么打人?"

本想息事宁人的校长,此刻也坐不住了,跳了起来,带头挥舞着拳头:"放开瑞娜!放开瑞娜!"

他头上的青筋暴起,满脸通红,要知道这些学生都是他自己的孩子啊!

众人站在日本军人后面,振臂高喊着:"放开孩子!放开孩子!"声浪一阵高过一阵。

一排日本兵跑进了礼堂,持枪对着在场的中国老百姓。

在人们集体呐喊的浩然声势中,台上的日本兵有些发呆了,他们不知所措地看着山本大佐,在等着长官的指令。

"放开!"瑞娜趁机奋力挣脱出来,跑到阿根旁边,"阿根,你怎么样?"

阿根迷迷糊糊摇了摇头:"我没事,只是,你的小提琴……"

"啊!我的提琴!"瑞娜往地上一看,琴已然摔坏了。她扑过去,跪在舞台上,拾起了断裂的小提琴。一头汗湿的秀发,乱糟糟地粘在她的小脸上,伤心的泪水,扑簌簌滚落下来。"小提琴……妈妈送给我的小提琴……"她越想越伤心,紧紧地抱住了断成两截的小提琴,终于忍不住号啕大哭起来。

台下的观众见状,更加愤怒了。人们在怒骂着:"欺负一个女孩子,算什么军人!简直禽兽不如!"

平日为所欲为惯了的山本大佐完全没想到,今天竟会有这么多看上去老实巴交的中国人,仿佛一条心似的,虎视眈眈地瞪着他。瞧那些人的神情,恨不能扑上来,一口将他生吞了。一股热气从他的后背涌上了脑袋,他要杀人了,他要杀死这些敢于抗拒皇军的人。他手摸到了腰间的手枪……但是,作为一个负责维持地方治安的长官,他知道后果是什么!枪声一响,这些人都倒下,但是这个城市的老百姓是不会善罢甘休的,这里毕竟是大上海啊,如果事情闹大了,而且是为了看演出而闹大了,军部会不会责怪他……他挪了挪屁股,脑袋冷静了一点,狠狠地瞪了一眼贾三桂,厉声斥问:"这到底是怎么回事?你这个混蛋!都是你造成的!"

贾三桂看到山本大佐恼羞成怒,又看到那些积怨已深的人们恨不得一下子戳断他脊梁骨,无论得罪哪一个,他的下场都将是不堪设想的。他不由得心虚地倒退两步,连连鞠着躬,小声安抚着:"会长息怒,会长息怒,小人办事不力,小人办事不力。"

人群骚动着。

拓趁机站了起来,劝说着:"义父,这里太乱了,我们还是先走吧。"

贾三桂赶紧又上前两步,顺着台阶下:"山本大人,拓少爷说得对,我们还是先撤吧。"

山本大佐回头看了看已经沸腾的人群,顿了一会,低声说:"嗯。我们走。"他站起身来,他真有些不情愿就这样走了,但是再待下去会发生什么事情,他不想更多地去琢磨了……

摸透了山本大佐心思的贾三桂,毕恭毕敬摆了一个"请"的姿势,他要让山本大佐下台阶,眼下只能三十六计,走为上了。

山本大佐一伙儿灰溜溜地走了,人们集体鼓起了掌。更有人欢呼着,起哄着,嘲笑着侵略者的欺软怕硬,色厉内荏。

舞台上,瑞娜依然跪着,止不住地抽泣着:"这是妈妈最心爱的小提琴……现在摔坏了,怎么办啊……"

阿根蹲着,从瑞娜手中拿过了小提琴,看了看,劝着她:"瑞娜,你别伤心,我们去把它修好。"

瑞娜哭着说:"那是需要一大笔钱的。"

"没关系,我有办法找到修理小提琴的师傅。你忘了吗,二胡大叔既会拉二胡,也会修二胡。我看你的琴跟他的琴都是带弦的,我们去找二胡大叔,一定可以把小提琴修好。"

看着阿根头上流出的鲜血,瑞娜拿出了手帕帮他把头紧紧扎住,殷红的鲜血染红了手帕,也染红了瑞娜的手指……

"谢谢你,阿根。"瑞娜用衣袖擦了擦眼泪,试图挤出一朵微笑来,可一瞬间,伤心的泪珠又不争气地流了下来,"这把琴,是妈妈留下的,不仅对我,对于爸爸也很重要。这件事,我还不能告诉爸爸……"

剧场里的众人都没有走,他们站在原地默默地注视这对孩子,听他们在说话,谁都没有说话,那是一种敬佩,一种同情,一种爱怜……

夜晚,阿根领着瑞娜敲开了二胡大叔的门。岂料平时热心的二胡大叔只看了一眼,就说:"唉,阿根,这琴,大叔我可实在修不了啊。"

阿根有些急了:"真的不行吗?"

"大叔我只会修二胡,这洋琴,一定要拿到琴行去修。实在对不住啦。"二胡大叔苦笑着说,看着两个孩子失望的样子,他又补上了一句:"你们到租界区去看看,那里有些修小提琴的店。"

"哦,是这样啊,谢谢了。"阿根感到有些沮丧。

瑞娜抱着琴,沉默了一会儿,转过头,小声地安慰他说:"阿根,二胡大叔不会修不要紧的,你的心意我领了。谢谢你。"

"咱们一定要修好它,这是你妈妈留下来的,"阿根万分认真地说,可不打算放弃,"总有办法的,咱们就去琴行试试。"

瑞娜没有接话。她与小提琴朝夕相对,她是懂它的。一把琴摔成这样,跟一个人死了也没有太大区别。如果可以修好,她不会哭得那么绝望。她跟阿根不同,她没有太多的信心。

阿根见瑞娜提不起劲儿来,跟在阿根后面姗姗而行,他心想:人遇到窝心的事就会这样,先不要过多去安慰她,只要把琴修好,瑞娜就会高兴了。他拿定主意,执著地带着瑞娜来到了租界区。果然,走着走着,阿根一眼就看到了高大、明亮的玻璃橱窗中陈列的各种提琴,他踮起脚板,凑了上去,将两手趴在橱窗上看了看,回过头,兴奋地喊:"瑞娜,你快看!这里的琴和你用的一模一样!我们进去看看吧!"

瑞娜闷声应着:"好。"两人走进琴行。

柜台前,西装笔挺、风度翩翩的老板正哼着小调,慢吞吞地擦拭着一把小提琴,那神情,便像在为情人梳妆一般,温柔、细致,而又有条不紊。

阿根将瑞娜的断琴往柜台上轻轻一放:"老板,你这儿能修这把小提琴吗?"

老板抬了抬眼皮,瞄了一眼,云淡风轻地说:"没问题,我的技术可是上海滩一流的。"

"太好了!"阿根咧开嘴笑了笑,把琴往前推了推,"那就麻烦你帮我们修修这把小提琴,好吗?"

老板小心地放下手中的"情人",举起瑞娜的断琴看了看,说:"啊!这是一把名贵的意大利小提琴,真可惜,这可是硬伤,修起来很费事。"

"多少钱?"

"至少要十五块大洋。"

瑞娜一听,抱起断琴:"阿根,我们走吧。"

阿根郑重地承诺:"瑞娜,你放心好了,我一定会帮你筹到这笔钱,修好小提琴的。"

瑞娜叹了口气,心想:"啊,十五块大洋!"她张了张嘴,正想劝阿根打消这个念头,忽然,那老板讶异地叫道:"瑞娜?喔哟哟,难怪你一进门我那么眼熟!你就是那个公然对抗日本兵的勇敢的小女孩瑞娜?我知道你呀!哈哈哈哈!"

说着,他重新从瑞娜手中抱过断琴:"你放心,这个琴我包修了,你们二十天后来拿。"

瑞娜疑惑地说:"可是,我们没钱啊。"

"不用付钱,但是我有一个要求,"那老板和颜悦色地看着瑞娜说,"我帮你把琴修好之后,你再给我拉一遍那天的曲子,好吗?"

他的声音是那样的真诚和友善,瑞娜一听,马上高兴地说:"好,可以的。"她的脸上闪烁着一种快乐的光芒。

黄昏,黄浦江畔,那首吓跑了山本大佐的曲子再次不屈不挠地响了起来。

路过的人们,纷纷驻足聆听,连看到众人围观而过来试图维持治安的警察,也站在人群外,屏住了呼吸,倾听这沁人的肺腑强音。

一曲完毕,人们热烈地鼓掌。琴行老板怀着敬意,竖起了大拇指:"虽然这是一把可能不够完美的琴,然而,我想说,这是我听过的最美妙的琴声,因为这琴声在这个特殊的年代里留在了我的心中。"

瑞娜太感动了,她向大家深深鞠了个躬,连说了两声:"谢谢,谢谢大家。"

琴行老板说:"其实应该是我们谢谢你才对。在这个动荡的年代里,是你让我听到了最真实的声音。"

人们再次鼓掌。掌声久久不息,伴随着江边海鸥昂昂的叫声,飘向晚霞满天处。

瑞娜看着眼前真挚、友善的人们,又想起了亲爱的妈妈,她有些忧伤地想:要是妈妈见到这一幕,应该会为我骄傲的吧?她暗暗发誓:我一定要找到妈妈,用这把修好的琴,为她拉一曲《远方的亲人》,她一定会非常喜欢的……

此刻,夕阳渐渐落了,余晖脉脉地铺在江面上,翻滚的浪花,泛起一层层赤色的霞光。阿根和瑞娜坐在岸边的台阶上,托着下巴,迎着春日温婉的晚风,看着天边浑圆的落日发呆。瑞娜不时低下头,一遍遍亲吻着怀里的小提琴。她还记得妈妈将它递给她时的样子,那含着鼓励的微笑,和希望她快乐的眼神,如今想来,全是浓浓的爱……妈妈啊,我究竟什么时候才能再见到你呢?

一想到差点儿失去这把小提琴,瑞娜鼻子一酸,那种失而复得的喜悦一层层荡漾开来,将她整个儿湮没了。

  瑞娜望着手中这把珍贵的意大利小提琴,用心声说着:你虽然曾经残缺过,可是你从来没有像今天这样珍贵。

十五、买　药

这些天,周亮心急似火,满嘴起了大泡……

苏北抗日队伍不断传来指令,要加快药品和电讯器材的采购。周亮知道此时的日军正在进行着疯狂的大扫荡,抗日队伍与日军的战斗十分频繁,伤病员急需药品,可是日军加紧了上海各种物资的封锁……

但是,不管怎样都要千方百计地完成上级交给的任务,周亮暗暗地告诫自己。

在这关键时刻,很多外国朋友也暗中帮助抗日队伍采购物资,约瑟夫和大卫教士等人,也给了周亮真诚的帮助。

夏天,日头特别的毒,已是傍晚,地面仍如同火炉炙烤着一般,腾腾地散发着热气。这天,约瑟夫和一旁的马修等七八个人,手脚不停地搬运着一批木箱,准备偷偷送到新运货栈去。这些木箱外表都贴着玻璃器皿的字样,里边是什么物品,只有约瑟夫和马修两个人心里最清楚。

不巧的是,这天,鲁道夫偏偏来到会所,一眼就看到房子里摆着几箱货物,十分惹眼,便上心地问道:"这些是什么?"

约瑟夫站在车上,将最后一只木箱往角落里挪了挪,顺势擦了擦额头爆出的汗珠,不经意地说了一声:"帮朋友买的货物。"

一旁的马修嘴一松,说了一句:"对付日军的。"

鲁道夫眼神一动,想走上前看看是什么货物。约瑟夫从车上一跃而下,拉住鲁道夫:"对了,我找你有事。"又从兜里掏出了一包香烟,递给了鲁道夫……

鲁道夫吐了一口烟圈,眼睛仍盯着卡车,马修这才回过味来,知道说漏了嘴,推着鲁道夫说:"走,我们去喝咖啡。"

鲁道夫还是没有离开话题:"听说你们一直在帮助中国人对付日军,这是一件很危险的事情。但是如果需要我的话,请尽管说。"

约瑟夫低声地说了一句:"日本法西斯和德国纳粹一样,就是这些人弄得整个世界不太平!"

话说到此,鲁道夫没有再接话。

世上没有不透风的墙。约瑟夫和一帮朋友帮助中国抗日战士的事情,在犹太人圈子里越传越响,加入他们的人也越来越多,鲁道夫对此表示了特殊的兴趣。约瑟夫一贯敬佩鲁道夫,又感激他帮忙找到了瑞娜和米沙利。时间一长,自己帮助周亮的事,也不再回避鲁道夫了。看到约瑟夫已完全没有戒心了,鲁道夫顺势提出请约瑟夫帮助介绍周亮让他认识。约瑟夫自然也就答应了。

这一天,又一批药品买到了,一早约瑟夫和几个朋友开着卡车,来到了交货的江边码头,鲁道夫听说了也随着跟来了。此时的周亮,已消瘦了很多,越发显得人修长,望着一车的货物,周亮紧握着约瑟夫的手,感动得不知说什么好。真是患难见真情。约瑟夫催道:"快点卸货,我们还要回去。我看这些天路上巡逻的日本兵特别多,你们也要小心。"站在一旁的鲁道夫也走上来,拍着周亮的肩膀说:"认识一下吧,我叫鲁道夫。"

约瑟夫说:"哦,对了,周亮,我介绍一位新朋友给你认识,"约瑟夫指着身旁的鲁道夫,"这位是鲁道夫,逃离集中营的英雄!"

周亮立即热情地伸出手说:"早就听约瑟夫提过你,我十分钦佩你的胆识啊!"

鲁道夫操着蹩脚的中文,笑着说:"哪里、哪里!"

周亮竖起大拇指,双目炯炯,说道:"你是个好样的,你逃得好,你们就要争取自由!"

鲁道夫答道:"谢谢你,我也是你们的朋友。"

周亮的手紧握着鲁道夫的手,那是一双少有的手,太有力量了,竟然使鲁道夫内心感到了一种隐隐约约的胆怯,他清楚地知道这双手是御敌于死地的手。尽管初次见面,他已感到,碰到了一个不好对付的人……

望着这些犹太朋友们,周亮心中洋溢着感激之情。但是,鲁道夫那双眼睛却使周亮有些不安,不知为什么,他觉得在鲁道夫那双眼睛后面还有一双眼睛……

来不及多想了,周亮回过头去赶快招呼着货栈的伙计们,嘱咐他们要把药箱藏到隐蔽的地方。明天一早就开船,把货运到苏北去。

次日清晨,山本会馆。山本大佐照例起了个大早,换上舒适的练功服,去花园晨练。慢跑了几圈后,他停下脚步,站在原地,舒展四肢,调匀呼吸,尽情享受着清晨新鲜的空气。他心中暗暗寻思着:都说上海这个地方太好了,很是适合人的生活……可是,自己怎么老是这样不安和惊恐,这上海的地下抗日组织怎么这样难对付啊。噢,马上有一个人要见他,他太感兴趣了,因为这是一个德国人……

"叽叽叽、喳喳……"有鸟儿在头顶的树冠中穿梭嬉戏。

附近,拓也正在花园中做操,他抬头看了一眼,夏日的天空果然万里无云,湛蓝,干净,不带丝毫杂质,让他想起了故乡札幌,安安静静的白云蓝天,还有混合着铃兰花、丁香花和合欢树花芳香的空气。他叹了口气,陶醉地闭上眼,深深地呼吸了一口。

"……你们可能一直想找那个中国军人周亮吧,我知道在哪里……"忽然,不知从哪传来一个陌生的声音。拓警觉地转动头颅,前后左右看了看。

山本大佐惊喜的声音飘进拓的耳朵:"当真?"

拓循声望去,只见右前方一棵参天大树背后,露出来一小截长椅,从他站立的角度望去,正好可以看见山本大佐那只长满黑毛的右手,猛地抓住了长椅的铁扶手。

拓悄悄移近了些。只听那个陌生的声音又说:"千真万确。我已实地去核实过,那里堆积了不少抗日军队的通讯器材,还有药品。所有的事情,都是这个叫周亮的人在负责。"

山本大佐重复了一遍:"啊,周亮!"

"是的。我调查了一段时间,很快证实了这个货栈老板周亮的身份——表面是货栈老板,实际是抗日军人。"

"八嘎!"山本大佐的声音有些愠怒,"嗯,必须掐断他们的地下供应渠道,皇军才能不吃败仗。"

那人接着说:"是啊。抓住此人,对于会长先生您来说,可是十分的重要。"

山本大佐老奸巨猾地笑了起来:"呵呵,呵呵……当然,当然,这个情报非常重要!"

那人忽然话锋一转:"会长先生,看起来,您很欣赏那条挂毯。方才在您办公室,我瞧您把它挂在了非常醒目的位置,就在您的办公桌对面。"

"呵呵,没错。它确实非常漂亮,我非常喜欢。"

"那么,梅辛格上校亲自把它送给您的时候,一定还告诉过您黑狼计划吧?"

"嗯?你知道黑狼计划?"

"上校有没有告诉你,这只黑狼是谁?"

片刻的沉默之后,两人同时奸笑了起来……

两天后的下午,周亮与战友在秘密接头点碰头后,走回新运货栈时,习惯性地猛然回头,看到远处拐角有人影一闪。他连忙疾走了几步,快速进院,随即又关上了门。

正在忙碌的阿根一抬头,看见了周亮,有点意外:"舅舅,你回来了。"

周亮的表情不同以往:"嘘,轻点。"

阿根紧张起来:"出了什么事?"

周亮冷静地说着:"有人盯梢,我的身份可能已经暴露了。"

阿根慌了:"这可怎么办啊?"

"我没有关系,"周亮压低了声音,继续严肃地说,"但是,我现在有一件重要的事情,需要你帮忙。"

阿根挺了挺胸膛:"好!舅舅,你尽管说。"

周亮扳过阿根的肩膀:"前线的抗日军队战士急需药品,你帮我到虹口的金星药店去买一批药品。时间紧迫,千万别被特务发现了,你要小心。"

阿根站得笔直,敬了个军礼:"你放心吧,这件事情就交给我了。"

第二天下午,阿根带着旺财和毛毛走到金星药店附近,发现氛围有些不对劲儿。四周极其萧条,地上到处是传单、碎纸屑,随着风儿打着转,飞舞着。抬头看,架在半空的电车线纵横交错,密密麻麻,可望向四周,却连一辆车也没有。

阿根被这种异常的氛围震慑住了:"奇怪……怎么街上一个人也没有?……"

旺财在门口停住了步子,好像感应到了什么,不安地"汪汪"叫着。

毛毛也"嗞嗞"地发出着音响。

阿根分别拍了拍这两只吵吵闹闹的小动物的头,壮着胆子,走到金星药店门口,发现店门紧闭,透过玻璃向里张望,只觉得里头阴沉沉的:"难道药店打烊了吗?"

他推了推药店的弹簧门,不料门竟然"吱呀"一声开了。他小心翼翼地走了进去,发现高高大大的药店老板竟然畏畏缩缩地站在柜台前。药店一角,站着一个尖嘴猴腮高颧骨的瘦子,穿着一件松松垮垮的灰大褂,一只手抓着一顶草编的礼帽,不紧不慢地扇着风。那瘦子头上仅一小撮头发,梳成时髦的五分式,似是抹了不少油,随着草帽的习习凉风,飘散出一股廉价的香气。他身边的长椅上还坐着一名铁塔般壮实的黑衣男子,即便坐着,也只比那瘦子矮半个头。那黑衣男子将大半张脸遮在报纸后面,只露出一副乌黑的墨镜。阿根感觉,有两道不怀好意的目光,从那副墨镜后直直地射出来,似是要将所有的人从头到脚看透。

阿根不禁打了个寒战,心想:看来,情况有点不对啊,这两个人是干什么的?店员不像店员,顾客不像顾客,反正不像好人。

他定定神,走到柜台前,小心地问:"老板,有奎宁药吗?"

老板愣了两秒,舔舔嘴唇,好像没听见,停顿了一下问道:"你有钱吗?"

那瘦子站了起来,走了过来。老板如临大敌般瞄了那瘦子一眼,两腿开始打颤。那瘦子逼近了,双手抱胸,傲慢地喝问阿根:"穷小子,没钱买什么药?"

老板浑身筛糠似的发抖,在口袋里摸了半天,摸出一块手绢,擦着额头的汗。

阿根愣住了。这瘦子看样子真是一个坏蛋……

那瘦子看阿根面含憎意,又逼上一步,将脸凑上去,凶巴巴地问:"小孩,你买什么?"

阿根望了望柜台里的奎宁药,重复了一遍:"奎宁。"

那看报的人"唰"的一下扔开报纸,猛地站了起来。阿根感觉他的目光正透过墨镜恶狠狠地瞪着自己,就像一只蹲守已久的恶狼,突然发现了猎物,眼冒绿光,灼灼地盯着一只肥美的绵羊。

那瘦子又拔高嗓门问了一遍:"你要买什么?给谁?"

"啊?"阿根不由得退了半步。

瘦子捋起袖子,咄咄逼人:"这是皇军控制的药。"

那墨镜也走了过来,阴沉沉地开口:"这个小孩子是干什么的?"

阿根对此时进店来有点后悔了,心想:这可怎么办啊……?

那瘦子说:"先把他带走,也许会问到什么线索!"

阿根大声叫起来:"我是来买药的,你们要干什么?"

那瘦子狞笑着:"为了皇军给的赏钱,你必须跟我们走一趟。"

阿根又后退了两步,心里琢磨着:不对劲,我得另想办法……

这时,连旺财也看出了危险,大叫一声,冲上去咬住墨镜的裤脚。毛毛一看,也不失时机地跳到了瘦子手上,一把抢过了他那顶草编的礼帽。

瘦子急了:"死猴子!还我帽子!"

毛毛将那礼帽拿在手里玩耍,从左手传到右手,一会戴到自己头上,一会又戴到尾巴上,晃着尾巴,将那草帽顶得团团转。那瘦子显然不及毛毛灵活,看着自己的帽子就在眼前,却无论如何拿不到,大汗淋漓之下,不禁显得有些狼狈。便叉起腰,转头怒骂阿根:"小赤佬,你搞什么鬼?"

就在这时,药店的门开了,一个清脆明亮的声音响了起来:"阿根,大卫教士叫你买药,这么半天了怎么还没买好?"

阿根惊喜地回过头来:"原来瑞娜来了!"

阿根马上反应过来,接口说:"我这不是在买吗?可是,这两个人要查我……"

瘦子愣住了:"外国小妞?"他走上两步,上上下下看看瑞娜,手一指阿根:"你们认识?"

瑞娜迎着瘦子的手指走前两步,看着尖嘴,一双清澈如水的眼睛:"是啊,药是摩西会堂给难民准备的,教士那儿等着急用呢!"

说罢,瑞娜又转过头,教训阿根:"什么这两个人,那两个人的?你磨磨蹭蹭要到什么时候?"

瘦子一顿足,骂道:"妈的!这些外国人也来凑热闹!"想想不甘心,又朝地上吐了口唾沫,接着骂一句:"妈的!白高兴了!"

瘦子啐完了,气鼓鼓地吸了吸鼻子,挥了挥手:"如果和抗日军队没有关联,这个我们倒也管不着。"

墨镜也觉着讨了个没趣,拍拍裤腿上的灰,瞪了旺财一眼,沮丧地说:"大哥,我们还是走吧。"

两人苦苦守了半天,一无所获,灰溜溜地走了出去。

瑞娜像个大人似的又对着老板吩咐道:"老板,麻烦你帮忙把药快点准备好送到车上去。"

如囚犯般被盯了半天的老板,顿时如释重负,一迭声说:"哦,好,好。我知道了。"立马进了里间。

药店里只剩阿根和瑞娜两人。

阿根松了口气:"瑞娜,你怎么会突然出现的?"

瑞娜也轻轻松了口气,低声说:"我刚去过货栈,周亮叔叔说你在这。他还说有种不祥的预感,说你可能会遇到危险,叫我一定过来看看。"

"嗯,瑞娜,你可真够机灵的,这次真的多亏你了!"

"别说了,我们快回去,把药给周亮叔叔送去吧。"

两人打开药店门,走了出去,门口的电线杆子下,那瘦子和墨镜正抽着烟讪讪地看着老板把药送上了车,也要离开。阿根心中瞧不起这样的汉奸走狗,更厌恶他们刚才恃强凌弱的态度,愤怒地瞪了他们一眼,"嘭"一声关上了药店门。

那巨大的声响将瘦子震得吓了一跳,他呆了呆,忽然想起什么,将烟蒂一扔,叉着腰,冲着毛毛叫:"喂!你个死猴子!我的帽子!还给我!"

毛毛"咭咭咭咭"笑了一阵,随手打开药店门,把帽子往店内一扔,尖嘴叫了一声,好像在学着说:"我的帽子!"一下子利索地窜进店内。

毛毛灵活地往店内一闪,药店的弹簧门自动合上了。"砰"一声,瘦子撞到了玻璃门上,整个人弹了回来,跌了个仰面朝天。

空旷的大街上,猛然响起了瘦子尖利的惨叫:"啊!痛死了!"

十六、英　雄

新运货栈内,周亮忧心忡忡地踱着步,不时从门缝里向外张望一番,兀自念叨着:"天快黑了,怎么还不回来?千万别出事……"周亮一贯行事谨慎,今天让阿根去办事也是万不得已的下策,"但这样做是不是有点草率呢?可是有的时候该冒的险还得冒啊。再说阿根人虽小,但办事认真细致,特别靠得住……"周亮翻来覆去地想着。

正有些犯急的时候,货栈门突然开了。阿根和瑞娜笑着跑了进来,像一对欢快的小鹿:"舅舅！我们回来了！"

周亮快步迎上去,急切地问:"药的事办好了吗?"

"当然办好了,舅舅！",阿根双手叉腰,得意地说。

周亮此时松了一口气,满意地看着阿根,随后轻轻地拍了拍他的肩膀,欲言又止……

就在阿根神气的时候,门外猛然响起了数辆军车呼啸而来的声音。紧接着便是刺耳的刹车声！然后，便是军靴踩在水泥地上发出的"啪啪啪"的整齐划一的声响。周亮大惊，急忙推着阿根和瑞娜，把他们推到堆成山一样的货箱后面，快速叮嘱说："不要慌，他们是冲我来的。你们就藏在这里，千万不能出声音。阿根，那批药就靠你了。过会儿，我会把事情闹大的，他们的注意力全会对着我，可能不会马上搜查货栈……"

"舅舅！"阿根正想问个明白，随着"轰隆轰隆"沉重的声响，货栈的大门被撞开了。阿根探出小半个脑袋，瞥见几辆插着日本太阳旗的军用大卡车停在货栈门口。

阿根愣住了！

瑞娜将阿根拉了回来，两人猫着身子挪了几步，从货箱与货箱之间的缝隙里望去，见周亮背负着双手，气宇轩昂地踱到货栈正中，对着大门站定了。

山本大佐从车上下来，一眼看到周亮，不由得胸怀大畅，哈哈大笑。

周亮看了一眼军用大卡车和它们身畔两列齐刷刷的日本兵，轻笑一声："山本大佐，你也太客气了，为了我，你不用这么劳师动众。"

山本大佐仔细地打量了一番周亮："我们找你很久了。"

周亮鄙夷地哼了一声，昂起头，不再看山本大佐。

贾三桂站到了山本大佐身后,嚣张地叫道:"周亮,你没想到会有今天吧?我们山本会长已经注意你很久了!今天你是插翅难逃了!"

山本大佐得意地把手一挥,"少啰唆,快点把他带走!"

贾三桂点头哈腰,一迭声应道:"对对对!快把他带走!"

一个分队的日本兵齐刷刷地跑步上前。周亮站在原地,身躯岿然不动。突然他拔出手枪……

"砰砰砰"几声枪响,冲在最前头的三四个日本兵倒了下去。

"八嘎!"山本大佐双目冒火,但很快,他就在贴身侍卫的簇拥下疾步往后退。因为他看到周亮的枪口正指着他的脑门!

贾三桂缩在山本大佐后面,用新裁的真丝对襟汗衫的衣袖挡住了眼睛。

"刷"的一声,所有的枪都推上了膛,对准了周亮。

"砰"!"砰"!"轰隆隆"!枪声与雷声同时响起……

货栈顶上一群一群原本歇息的乌鸦漫天飞舞。

下雨了,雨点越来越大。

货栈外,距离日本军车数十米之遥的地方,围满了观望的老百姓。人们伸长了脖子,关切地望着货栈内的情形,谁也不知道,那里面究竟发生了什么。瓢泼大雨浇在人们身上,淋得人浑身冰凉,淋得人睁不开眼睛。

谁也没有离开,因为人们知道日本军人在开枪,在抓捕抗日人员。在这个年代里,能够对抗日本侵略军的就是英雄!

"……你不知道,新运货栈的老板,原来是抗日军队的……"

"听声音刚才好像打起来了……"

"听说,都是坏人告的密……"

人们小声嘀咕着,人群中传出一片喁喁的愤慨议论声。

阴霾的天空愈发昏暗。整个世界都黑压压的。雨点也辨不清方向了,胡乱地飘洒着。

"快看!这群小鬼子出来了!"

人们议论着。一队日本兵跑着步从里面出来,冲围观的人群厉声喊着:"让开,让开!"

一群日本兵抬着几个担架走了出来,那伤者躺在担架上呻吟着,还有的伤兵捂着胳膊,侧着身走了出来。

围观的人群里,不少人在心中叫着好,似乎要喊出:

"打得好!打得好!"

"打死这帮小鬼子。"

突然有人大叫着:"英雄出来了!英雄出来了!"

果然,最后走出货栈的,正是被五花大绑的周亮。他被两个日本兵推搡着,摇摇晃晃地走了出来。他的唇角发紫,半边脸肿了起来,右肩上汩汩地流着血,一袭青袍,染得鲜红鲜血顺着袍角滴滴答答落下来。他一步一步、慢慢地往前移动着,每一步都重若千钧。

一道闪电劈过,炸开了黑色的天空,也映亮了周亮煞白如纸的脸。他像座山一样,巍巍然挺立在货栈门口,脸上带着一股凛然的气势。他高傲地、轻蔑地瞟了山本大佐一眼,像是在戏弄一个小丑……

阿根和瑞娜从货栈的小侧门内逃了出来,从人群中探出脑袋,刚好看到周亮被押上军车的背影。又一道闪电劈过,阿根眼前一花,待睁开眼,只听"砰"的一声,军车门关上了,"嗡""嗡",车辆开动了。

阿根大急道:"舅舅!舅舅!"边喊边追了上去。

瑞娜连忙张开双臂挡在阿根身前:"阿根你不能过去!"

阿根拼命往前冲。就在瑞娜拦不住的时候,一只有力的大手抓住了阿根瘦弱的肩膀,将他小小的倔强的身躯往回拽。阿根咬着牙,猛然一回头,原来是约瑟夫叔叔。

约瑟夫铁青着脸,斩钉截铁地说:"你不能过去。"

阿根使劲挣扎了一下,挣不脱,"哇"一声哭了出来。

瑞娜一把按住阿根的嘴巴,问约瑟夫:"爸爸,你怎么来了?"

"刚才我在大卫那里,有人来送药。想到了你们,就过来看看。"

车开了,阿根眼睁睁地看着,眼泪止不住地流下来。他倔强劲儿上来,不管一切地挣扎着,却始终挣不脱约瑟夫铁箍般的大手。

眼看着日本军车呼啸着开远了,约瑟夫和瑞娜才松开阿根。阿根再也忍不住,放声大哭着追了上去,一边撕心裂肺地大喊:"舅舅!舅舅!"岂料才跑出没几步,脚下一滑,一跤跌下去,整个人浸泡在雨水里。等抬起头,那日本军车是再也看不见了。

"舅舅!"阿根跪在地上,绝望地看着远方。远方除了迷蒙的烟雨,还是迷蒙的烟雨。舅舅呢?舅舅被抓去了哪里?

一直议论纷纷的人群突然沉默了。人们同情地看着这个小男孩纤细的背影,看着他不停耸动着的瘦骨嶙峋的肩膀。无情的大雨浇在他破旧的布衫上,将他跪着的弱小的身躯打得东倒西歪。每一个人都感受到了他无法遏制的悲伤。

瑞娜走到阿根身边,摸摸他的肩头:"我想你能原谅我,如果你追上去,也会被抓的。"

阿根抽泣着,回过头,泪眼蒙眬地看了一眼新运货栈,想起自己还有一本周亮送的《百家姓》遗落在里面。自己抄了许多天,也只抄写了一半,不由得号啕大哭着向仓库里跑去。

"阿根!"瑞娜唤他。

"书……书在里面……"阿根哑声干号着。

瑞娜叹了口气,也追了上去。

货栈门口的石阶上,阿根抱着书仍在"呜呜"的哭着。一旁的瑞娜静静地坐在旁边陪伴着。

许久,等阿根再也哭不出声,一只有力的大手,从背后扶起了他:"孩子,别哭了,你要像你舅舅一样坚强。我叫大黑,是你舅舅的战友。"

阿根抬起头,看着眼前这个汉子。他有着黝黑的肌肤和明亮的眼神,方正的面孔和浓黑的胡子,和舅舅一样高大威武,特别是他有一双和舅舅一样亲切的眼睛……

"大黑叔叔……"阿根一下子扑到大黑怀里,又呜咽起来。

大黑的眼眶也湿润了:"是我来迟了一步,没能通知他撤离。"

过了一会,等阿根平静一些,大黑才问:"阿根,你舅舅有没有跟你说过药品的事情?"

"有,是舅舅让我买药。"

大黑摸了摸阿根的脑袋："你舅舅最大的心愿,就是能够把这批药及时送到咱们队伍手里。有无数的伤员正在等着这批药。你一定能够完成你舅舅的心愿。"

阿根肿着眼眶,吸了吸鼻涕,认真地说："嗯,我答应过舅舅,一定会按时把这些药,交到自己人手中。"

大黑的闪着泪花的眼中流露出感动："阿根,周亮是好同志,我们会一起完成任务的。"

当天晚上,阿根就带着大黑到了摩西会堂的后面的弄堂里。当他们把最后一箱药搬上卡车,交给抗日军队派来的接头人后,阿根轻轻地呼出了一口气。他终于没有辜负舅舅的重托,这里多少感到有点儿高兴。可是,他呆滞地看着载满药品远去的货车,却一点也高兴不起来。

"舅舅啊,舅舅,我还能见到你吗!"

邻居里早有人把周亮被逮捕的消息,告诉了周妈妈。周妈妈听到后,眼前一黑,一下子跌倒在地。

这些天来,周阿根一边照顾卧床的娘,一边四处打听周亮的下落。几个好心人跟阿根一起来到了日军监狱门口,那大门紧锁着,门口还站着日本兵,连风都透不出来……

瑞娜一有空也去陪着阿根。他们在监狱门口,一站就站很久,可是哪有一点消息呢？瑞娜虽然一直安慰着阿根,但她的心情却一样悲哀,因为周亮被捕让她想起了两年前妈妈被抓的场景,两者何其相似？

十天以后的一个下午,阿根从外面回来,看到大黑叔叔和妈妈站在门口,说着话,他们说了好长时间。当大黑叔叔说完时,阿根看到早已瘦弱不堪的妈妈扶着门,身子晃了两晃,便掩面哭了。阿根记得爸爸牺牲时,也有人来过,也一样神情凝重,也一样对妈妈说了很多话。

阿根一下子猜到了那个最坏的结果。他掉转身,一口气跑到黄浦江边,一个人偷偷地哭了。

哭着哭着,忽然听到背后响起一个熟悉的声音:"阿根。"

阿根回过头,哽咽着:"瑞娜,你怎么来了？"

瑞娜走到栏杆边,凝望着黄浦江水:"刚才我到你家,你不在。我想你可能会在这里。"

此时,暮色四合,汽笛声声。两个孩子坐到了他们经常坐的石台阶上,望着翻滚的江水。阿根抱着膝,默默掉着眼泪。瑞娜拿出了小手帕,递给了阿根,阿根怕弄脏了手帕,用自己的破袖口来回擦着眼睛,泪水一直在流着……

瑞娜轻声安慰着他:"阿根,你的心情我能体会。妈妈被抓的时候,我也非常难过……"

阿根"嗯"了一声。

瑞娜有些儿哽咽了。她吸了口气,也不再说话,只是静静地坐着,静静地陪着阿根。

阿根哭了一阵,忽然一把擦干了眼泪,看着瑞娜,平静地说:"真希望能战胜所有的法西斯,这样,我们大家就能过平安的日子。"

瑞娜凝望着远方的夕阳,慢慢说道:"希望这一天快点到来。"

"嗯。让我们坚强起来吧。"阿根突然站了起来,用坚决的语调说道。

瑞娜发现,他的小拳头紧紧地握着的。她觉得,在那一刹那,他已经长大,变成大人了。

十七、小擦鞋匠

阿根家的日子,一天比一天难熬。

周亮被杀害,使本就体弱多病的周妈妈备受打击,竟一病不起。阿根一粥一汤,悉心照料着妈妈。瑞娜和米沙利时常来探望,偶尔也带点吃的过来。靠着熟人的接济,阿根家勉强度着日子。

不多久,阿根家就揭不开锅了。阿根望着空空如也的灶台,感到一筹莫展:"妈妈病得这么重,需要补充营养,身体才能恢复。可是,我们连肚子都填不饱……"

眼看着周妈妈的身子一日不如一日,阿根有点儿茫然无措。接下来发生的一件事情更是让阿根不安和难过。原来,这天,苏北老家的姨妈来上海了,阿根打工刚回来,正要推门,就听见屋里娘在哽咽着说:"如果我不行了,你一定要把我的阿根带回老家,别让我的儿子一人漂落在上海,我可怜的孩子啊……"

那瞬间,阿根无声地流泪了。他暗暗发着誓,一定要和娘生存下去,想法去挣钱,给娘治病!

这天早上,天还没亮,一阵震耳发聩的铃声就把阿根震醒了。他翻了个身,手一碰,只听"咚"的一声响,竟将枕边的什么东西碰落在地板上。他迷迷糊糊将那东西捞了起来,半睁开眼皮一看,原来是那只心爱的红闹钟。他爬了起来,挠挠头,迷惑地想:昨晚我并没有设置闹铃,它怎么忽然就响了呢?

阿根目不转睛地打量着手中的红闹钟,这只闹钟遍身通红的烘漆,壳顶上安着超强双铃,响起来真有点惊天动地。更有趣的是,因为它的针和数字涂有荧光剂,在漆黑的夜晚也能看清时间。自从得到它,阿根就满心欢喜,倍加珍惜,每天将它搁在枕畔,几乎每天早上醒来,他都要拿衣袖把它擦拭一遍。

然而,这些日子,他忙着照顾妈妈,不免忽略了它……看着美丽的红闹钟,阿根忽然一呆:难道是舅舅的在另一个世界提醒我,要我振作起来……

"记得舅舅经常对我说,无论何时,发生了什么事情都要挺住。嗯,对,不管碰到什么困难,我都不能失去生活的勇气!"阿根一个鲤鱼打挺蹦起来,匆匆抹了把脸,旋风一般出了门。他径直去了领事馆门前的花灯街转转,那里有几个专给人擦皮鞋的小摊。他平日来来去去,常看到进出领事馆的达官贵人在这儿擦鞋。

走投无路的阿根,决定加入他们的行列。

谁都知道,在花灯街擦鞋的日子不好过。风吹日晒不说,还要经常忍受有钱人们的白眼……不过,一切困难都是可以克服的,阿根从小伙伴那里借来一个擦皮鞋箱,那是一只小小的简陋的木箱子。这只小木箱子虽说旧了点,可里面的擦鞋工具一应俱全,尤其是那把小木刷,用起来还是很顺手的……阿根手脚勤快,动作灵敏,学什么都很快,加上干活认真,渐渐地,在路口就老有几个回头客找他,一连十几天下来,这小生意做得还算不错。

可是,这世道,即便你再老实,也总有人找你的麻烦。

这一天午后,阿根正在给一个客人擦鞋,远远便听见米沙利脆生生的声音:"油饼哥哥,姐姐让我给你送吃的来啦!"

阿根抬头一看,见可爱的米沙利正从拐角处蹦蹦跳跳跑过来,手里举着一个油纸包,脸上挂着开心的笑容,口中不住嚷着:"油饼哥哥!油饼哥哥!"

哈默停在他肩上,跟着叫:"油饼哥哥!吃的!吃的!"

阿根擦了擦额头的汗,笑道:"米沙利,你怎么来啦?"

米沙利说:"姐姐让我给你送午饭来啦!油饼哥哥,你看,有面包,还有香肠!这是娜莎大妈昨天送来的。"

"嗯,谢谢你们啦,"阿根一边说话,一边继续埋头擦着鞋,"米沙利,你先放下吧,我替这位客人擦完鞋就吃。"

米沙利听话地放下纸包,蹲在地上,眼睛一眨不眨地看着阿根的动作:"油饼哥哥,你擦的皮鞋可真干净啊!"

说着话,阿根麻利地收了工,小心翼翼地把客人给的两个铜板放进贴身的衣兜里,再用手拍了拍,刮了刮米沙利的小鼻子,笑着说:"我可是靠这行吃饭的,能不干净吗?"

"嘿嘿,嘿嘿,油饼哥哥就是能干呀!"米沙利笑着,还竖起了大拇指。

哈默拍了拍翅膀,叫道:"能干!能干!"

阿根笑了,把两只黑手在围裙上使劲蹭了蹭,又拿起了肩头的毛巾,胡乱擦了把脸,对米沙利说:"你快回去吧,出来时间长了,瑞娜会不放心。"

米沙利一下站了起来,摸摸自己的小脑袋,恍然大悟般说道:"对呀,姐姐提醒我快去快回,别在路上耽搁的。我走了啊,油饼哥哥,明天我还来!"

"以后别来送东西了,路上不安全啊。"阿根目送米沙利蹦蹦跳跳的背影离去,一边高声叮嘱着,一边捧起了鞋箱上的油纸包。

一阵诱人的香气直扑鼻端,令人难以抗拒。阿根将纸包捧在手里,感觉烤得软乎乎的面包正透过包装传递着温暖的气息,他闭上眼,深深地嗅了嗅,情不自禁地发出赞叹:"真香啊。"要知道,阿根忙活了一个上午,连口水都没顾得上喝,肚子早就咕咕叫着,发出强烈的抗议了。

阿根张大了嘴,正想一口咬下去,谁知又来了一名老顾客。阿根笑脸相迎,二话不说放下面包,便开始替客人擦鞋。

正卖力地擦着鞋,忽听瑞娜的声音在耳畔响起:"阿根。"

阿根扭头一看,有点儿惊讶:"瑞娜!你怎么来啦?"

瑞娜擦了擦额头的汗珠:"我让米沙利来给你送午饭,半天不见回来,我不放心,所以过来看看。"

"哦,可能你们两个人走岔了,米沙利走了有一会了,这会儿该到家了!"

"嗯,他回去了就好,"瑞娜松了一口气,"阿根,你快趁热吃了吧,我先走啦。"

"瑞娜,谢谢你!"阿根喊着,看着瑞娜穿过马路而去。

瑞娜跑到马路对面,又回过头来向他挥了挥手。阿根也抬起胳膊,用劲地摇了摇……

正在这时,一名疾行的日本军官与瑞娜擦肩而过。那日本军官看到了红头发的瑞娜,不由得愣了一下。这个漂亮的小女孩不同于东方人的长相让他情不自禁地多瞧了两眼,同时小女孩脖子里那条若隐若现的宝石项链也引起了他的注意。那项链亮得耀眼,虽然半掩在衣衫中,但依然隐藏不了那份不同寻常的瑰丽。那日本军官有点儿狐疑起来,寻思着:宝石项链……难道……这就是山本会长提及那条神秘的宝石项链……关系到犹太人巨额财富的宝石项链?

那日本军官一想到此,忍不住又回头去看了一眼瑞娜,但此时小女孩却已走远了。他先前看到这小女孩曾和那擦鞋的孩子在对话,难道他们有什么关系?

于是,那日本军官一边皱着眉,一边大步走到了阿根的擦鞋摊前,将一只黑色的长筒皮靴伸到了阿根的鼻子下。阿根抬头一看,见是一名身材矮小,下身短、上身长的日本军官。那日本军官一双手极粗大,老鹰抓小鸡似的抓着一只军帽。

阿根坐在小板凳上,从下往上看,刚好看到这位不速之客两只傲慢的大鼻孔。

那日本军官正眼也不瞧阿根一下,只带着一股高高在上的神色,下了一道命令:"你,马上给我擦干净。"

阿根礼貌地说:"请您稍等一下,这位顾客是先来的,让我替这位顾客擦完。"

那大鼻孔军官抬起右脚,踢了正在擦鞋的客人一脚,蛮横地说:"你的,滚开!"

正擦鞋的那名老顾客一看,二话不说,给阿根扔下两个铜板,扭头就走。

阿根叫起来:"先生,我还没给你擦完呢。"

那名顾客摆摆手,畏惧地瞥了一眼日本军官,这年头,谁敢惹日本军人呢!他没回头,就疾步走了。

阿根斜视了那日本军官一眼,没有说话,低下头来,开始擦鞋。他把那只穿着长靴的高傲的右脚搁到了自己腿上,拿起抹布,仔细地将靴子上的浮灰抹掉,再挤了点鞋油,拿起刷子,一点一点地刷遍了整个靴筒、鞋面、鞋跟。生怕日本军官找茬,擦完了,又擦了一遍,连鞋底都没放过。最后,他检查了一遍,确定整双靴子已光亮如新,这才抬起头,说:"先生,我已经擦好了。请付钱,一共四个铜板。"

那日本军官好像没听见,哼了一声,说:"刚才那个外国妞,看样子你跟她很熟吧?"第六感观一下子让阿根警觉起来。阿根惊疑不定地看着日本军官,不知道这鬼子的脑子里在打什么鬼主意。但是他敢断定这肯定不是好主意!他大声地说:"请您付钱,四个铜板!"

那日本军官狞笑一声,慢腾腾地摸出一个铜板。慢条斯理自言自语地说:"好漂亮的一串项链啊!"稍一停顿,又带着肯定的语气说:"她是犹太人吧?"

阿根一声不吭地瞪着日本军官。

日本军官有些恼怒了,蛮横地说:"你要回答我的话!"

阿根说话了:"我不知道什么项链不项链,但是我替你擦干净了靴子,你得付四个铜板。"

日本军官脸色通红,大声说道:"鞋的,擦得不干净,再擦一遍。"

"你!"阿根强忍怒火,再度审视了一番自己的"作品",觉得它们已无可挑剔,"哪里不干净?"分明是在存心找茬。

"全都不干净!我说再擦一遍!"

阿根一把将那日本军官的脚推开,站了起来:"你这不是欺负人吗?"

那日本军官双臂环胸,趾高气扬地说:"不擦?不擦我一个钱儿也不付!"

阿根皱了皱眉,想到卧床的娘,想到多挣几个铜板可以买米,还可以买药……他把气咽了下去,重新坐下来,又擦了一遍。

"我再问你一遍,你认识刚才那个犹太女孩吗?说罢,又掏出了一把铜钱。他握在手里揉动着,'哗哗'在响。"

"我不认识她!"阿根回答道,随即又说:"请你付四个铜板,因为这是长靴。"

"八格牙鲁!"那日本军官大骂着,随即将手中铜板往远处一扔,那铜板灵活无比,滴溜溜滚动着,滚进了阴沟里。

阿根将毛巾一甩,涨红了脸,愤怒地握紧了小拳头:"你凭什么欺负人!你这个坏蛋!"

"欺负人?!哈哈!"那日本军官抬起擦得油光锃亮的皮靴,一脚踩在阿根的右脚上,用力碾压着……

阿根穿着一双单布鞋,那是娘去年给做的,布鞋已破了,有两个脚趾露在外面。日本军官厚重的皮靴死死地踩着他的右脚趾,在上面来回揉动着。疼痛、委屈、愤怒和羞辱一齐袭向阿根,他奋力地推着日本军官的腿,却怎么也推不动,他再也忍耐不住,眼泪在眼眶中打了几个转儿,还是掉了下来:"你这个坏蛋!"阿根大声怒骂着。

日本军官哈哈大笑。

"不许欺负人!"几个在旁边擦鞋的小伙伴看不下去了,使个眼色,一齐围了上来。

"嗯!混蛋!谁敢闹事,把你们统统抓起来!"日本军官没想到这群孩子们竟然这么大胆,他气焰十足,哈哈大笑了几声,把腿抬了起来,又对着阿根的擦鞋箱狠狠踩了下去。只听"咔嚓"一声,阿根的擦鞋箱一下子就被踩碎了。

"你们这群小支那人!还想闹事吗?"那日本军官叉着腰,凶悍地吼道。

"快跑!"其中一个叫做小柱子的小鞋匠,拉起阿根的手就跑。

那日本军官一看,随手抄起阿根的小板凳,往小柱子后脑勺上砸去。那小柱子回头一看,一只板凳正迎面飞来,吓得他一屁股跌坐在地,失声惊叫起来:"啊!"

阿根急忙冲到小柱子身前,伸出胳膊奋力一挡,只听"啪"的一声,小板凳重重地掉落在地,一只凳脚竟然飞了出去。阿根的胳膊上一阵剧烈的疼痛,仿佛整条胳膊就要断了似的,他忍不住低叫了一声,一个踉跄,跌倒在地。

"小心!"小柱子急忙跃起来,一把扶住了阿根。

阿根护着自己的胳膊,喘着气,额头爆出汗来。

小柱子"噌"地站了起来,怒目圆睁,挥起了小拳头:"打!"

"打!打!"霎时,一片喊声响起,周围十几个擦皮鞋的小孩全部围拢过来,十几个皮鞋刷子在空中"嗖,嗖"地飞了过来。又是十几个皮鞋刷子在空中挨了过来。

"叫你欺负人!打!打!打!"

"哎哟！八嘎！"那日本军官的帽子一下子就被砸飞了，他怒叫了一声，本能地护住了自己的脑袋。谁知这鞋刷子虽小，孩子们怀着愤恨扔出去的力气却不小，那日本军官躲闪不及，顾得了这头顾不了那头，头上着实被砸出了几个大包，黄呢子军装上也被沾着鞋油的刷子蹭出了点点黑色。随着周围响起一片"好，好，好"的喝彩声，路边的人力车夫和行人都围拢过来，大家恨不得把那日本军官揍扁了。日本军官一看这阵势吓坏了，捂着脑袋，连帽子也来不及捡，连滚带爬、狼狈地逃走了。

那天，阿根一路哭着，背着被踩坏的擦鞋箱，一瘸一拐回到了家。他不怕疼，他是气愤，伤心，难过，发愁，怎么赔小柱子的擦鞋箱呢……当走到房门口，听到娘微弱的呻吟声时，阿根偷偷擦掉了眼泪。他不想让娘再为自己操心。

阿根被日本军官欺负的事，周围里弄的人都听说了。傍晚，好多叔叔阿姨都来看望。天黑的时候，瑞娜带着水果也来到阿根家。

当夜幕降临，群星闪烁，阿根和瑞娜一起坐在石库门的屋顶，吹着风儿，望着漫天的繁星，细说起今天发生的事……

瑞娜看着阿根受伤的脚："阿根，想不到老有坏人盯着我们，今天又让你受苦了。"

阿根听瑞娜这么问，心里不由得一阵温暖。他鼻子一酸，慢慢脱下鞋子,抬起了右脚。瑞娜一看,那脚面已肿得像个馒头。他又撩起自己的左边胳膊,那里也是一片淤紫。

瑞娜说:"还疼得厉害吗?"

阿根说:"能走路,看来没伤到骨头。"

瑞娜气愤地说着:"哼,这些日本兵真可恶!"然后,又轻轻捧起阿根受伤的脚,帮他轻揉着,"明天我把家里的外伤药拿来,敷一敷就会好得快。"瑞娜的手很软,也真怪,经她这么一揉,阿根感觉好多了。他感动地看着瑞娜,从小到大,除了娘以外,还没有人这样对待过他。

"感觉好点了吗?"瑞娜问他。

"嗯,好多了,好像都不怎么疼了。对了,瑞娜,坏人都在盯着你的项链,你可要小心啊。"

瑞娜轻轻叹了一口气,不由自主地摸了摸脖子上的项链,"妈妈让我看好这串项链,我一定不辜负她的嘱托,决不让坏人拿走。"

阿根望着天边那颗遥远而明亮的北极星:"瑞娜,你别怕。舅舅跟我说过,无论发生什么事情,只要大家团结起来,就能取胜。"

"对,我爸爸也说过,我们是永远不会倒下去的,"两个孩子的相互倾诉,使一天的不快似乎被扫除了。他们一起仰望着星空,星星好像越来越亮了。

"对了,阿根,我听爸爸说,明天是中国的传统节日——中秋节,街上会很热闹,我们和米沙利一起去玩吧?"瑞娜说着。

阿根眼睛一亮:"好啊,明天我们去老城隍庙逛街、赏月。"一边说一边晃悠着小脑袋,随即侧头对着瑞娜:"唉?瑞娜,你们连中秋节都清楚,你现在真是个上海人了!"

第二天,老城隍庙附近的街上都亮起了五彩斑斓的霓虹灯,将黑夜装点得如同白昼一般,真是"火树银花不夜天"。人们扶老携幼,出来观赏,街上人声鼎沸,热闹极了。

瑞娜边走边看,马路两边挂满了造型各异的灯饰让她眼花缭乱。看着看着,她不由得想起了在欧洲的日子,随口说道:"这里的彩灯真好看,比我们家的水晶灯还要漂亮。"

阿根好奇地问:"水晶灯?那是什么样的?"

"水晶灯是透明的,像玻璃一样晶莹剔透,闪闪发亮,漂亮极了!它就装在我家客厅的天花板上,是博莱罗公爵送给我妈妈的。"

说完这话后,瑞娜不响了。她看着那斑斓多彩的花灯,慢慢地回忆起几年前外公在家中举行的最后一次晚宴:

这是一座哥德式建筑风格的宫殿式建筑,这一天,灯火辉煌。大厅里无比明亮,她穿着钉着银纽扣的白色小纱裙,抱着心爱的小提琴站在楼梯上,仰着头,惊异地看着客厅中央那盏华丽而巨大的水晶灯。那些切割得棱角分明的透明水晶球一颗颗垂下来,每一颗都闪烁着璀璨的光芒。她目不转睛地看着,心里发出一阵阵赞叹,甚至忘了要演奏。

索菲亚穿着一袭蓝色的礼服,火红的长发盘在脑后,正款款地从楼上走来。站在楼梯边的瑞娜,不由自主地把视线从水晶灯上移到了妈妈身上,她一眼就发现了妈妈与以往的不同——妈妈的脖子上多了一条心形的蓝宝石项链!那湛蓝的宝石仿佛有一种神秘的吸引力,在水晶灯的照耀下,无论从哪个角度看过去,都散发着摄人心魄的亮光。瑞娜惊叹地想:妈妈戴上这条项链,就像女神一样!

瑞娜记得,当时,妈妈俯下身,摸了摸米沙利的脑袋,问他们:"瑞娜,米沙利,水晶灯漂亮吗?"

米沙利穿着雪白的新衬衣,系着黑色的领结,脚踩着黑色的小皮鞋,在水晶灯下高兴地跳着、鼓着掌:"漂亮,真漂亮!"

瑞娜说:"我觉得,妈妈的项链更漂亮!"

索菲亚温柔地笑了。她伸出纤细的手指,轻轻摸了摸脖子上的项链:"这是外公送给妈妈的生日礼物。"

瑞娜记得很清楚,那是自己第一次见到妈妈的项链。第一眼,她就被项链所散发出来的古典、神秘的气息震撼了。她忍不住跑到妈妈跟前,伸手摸了摸妈妈的项链,宝石那冰凉润滑的手感一瞬间就深深地烙刻在她的记忆里。那一刻,她多么期盼自己可以快点儿长大,就可以像妈妈一样,戴上这条美丽而又高贵的蓝宝石项链了。

"月饼,新出炉的月饼,桂花、豆沙、莲蓉、五仁,快来尝一尝咧!"店铺前,伙计的叫卖声使瑞娜又回到了现实。但是她的思绪好像还在妈妈的身边。她摸了摸口袋里的项链,多么想此时此刻能和妈妈一起欣赏上海的花灯美景。

瑞娜惆怅地穿梭在绚丽的灯火之间。中秋的风,已带着微微的寒意。她看着月饼摊前攒动的人头,问:"怎么这么多人买呀,月饼是什么?"

"那是一种中秋节吃的饼,吃起来甜甜的,样子圆圆的,代表着一家团圆。"

"团圆,团圆……唉,我们一家的团圆,不知要到什么时候呢?"瑞娜搂紧了自己的胳膊,喃喃地说着,"我每天都梦见妈妈,她总说在一个很阴暗的地方,她总说很冷,每次我都会从梦中哭醒。"

"瑞娜,做这样的梦,是因为你太思念妈妈了。"

"是的,找到妈妈,是我最大的心愿,"瑞娜抬起头,凝视着天上的圆月,"爸爸说,月亮在中秋节这一天是最圆、最美、最亮的。要是妈妈也可以看到就好了。"

阿根关心地问:"唉? 约瑟夫叔叔怎么没来赏月啊?"

"爸爸在我家隔壁租了一间店面,开了一家钟表店,有好多事儿要忙,"瑞娜皱了皱眉,"而且,最近,爸爸正在为交出财产的事情发愁。"

"财产? 什么财产?"

"鲁道夫叔叔说,交出我们的财产,集中营里的亲人才可以平安。"

阿根停下脚步,讶异地瞪大了眼睛:"啊? 这是真的吗? 纳粹们也太贪婪了吧!"

"不知道。不过,我看得出来,爸爸不相信纳粹。他和鲁道夫叔叔观点不同,争论得十分厉害。但是,鲁道夫叔叔毕竟是从集中营里逃出来的,他亲耳听纳粹说过……对了,爸爸说,鲁道夫叔叔还老是打听我们家项链的事儿。"

"项链? 那你可一定要收好啊,谁都不能给。"

"放心吧,我一直戴在身上,"瑞娜忽然想起了什么,"对了,阿根,你以后别再去擦鞋了。爸爸让你到他的修表店里帮忙,他会把你教成一个优秀的钟表匠的。昨天,我跟爸爸说你让日本人欺负了,他听了可生气了。"

"啊？钟表……这个我一窍不通啊。"

"没关系。爸爸说他会教你的。你可一定要去啊。"瑞娜用大人的口吻嘱咐着阿根。

阿根开始到约瑟夫的修表店上班了。

修表店就开在瑞娜家附近，门面很大，瑞娜和米沙利常常来修表店看阿根。

在修表店里，只要一有空，约瑟夫就会教阿根钟表知识、修表技能和接待顾客的方法。约瑟夫喜欢这个中国孩子，他不仅十分善解人意，而且做事十分专注。他把阿根看作自己的孩子一样，手把手地教他，教得是那样的仔细……

阿根天资聪明，又有一股犟劲，学起来很是努力，不到一年工夫，他已经能坐在修表台上熟练地摆弄着那一只只手表了。有了约瑟夫的指导，他干起活来心里总是很有底气。他喜欢那一只只亮晶晶的精细的物件，摆弄着它们，他的心情是那样的愉快。每当看到约瑟夫把修好的表交给客人，他总是如释重负。更使阿根感到当一个钟表匠很是自豪。自从有了活干，阿根家里的日子也好过多了，娘的病从春天开始有了明显的好转，又去人家家里做佣人了……

约瑟夫的修表店开得时间不算长，但是在周围已很有名气了。约瑟夫看到周阿根这个大孩子如今已经可以支撑起半个表店了,他总是感到非常高兴。常在瑞娜和米沙利面前夸奖阿根。每当这时,瑞娜就说:"您应该表扬我,是我给您介绍了这样一个好徒弟。"

春暖花开,清风徐徐,这天早晨,天气真不错。

鲁道夫又来到修表店找约瑟夫。约瑟夫对他总有一种敬佩感,鲁道夫毕竟是从集中营里跑出来的勇士,二人喝着咖啡,闲聊着。

鲁道夫再次装作漫不经心般提起了他最关心的话题:"你们家的那串项链几乎所有人都在传说着,我倒是很好奇,那串大名鼎鼎的项链究竟是什么样子的?"

约瑟夫叹了口气,随后既诚恳又略有防备地说:"项链是有的,那是索菲亚留下的。她过去一直贴身佩戴着它,那上面留着她的气息,因此对我而言,它不仅是一条价值不菲的项链,它还是一件带着感情的信物。看到它,我就像看到了索菲亚一样……"

"如果说,我们交出了项链能够换取索菲亚的自由,我是不会犹豫的。但是我们能够相信纳粹们说出的话吗?"

鲁道夫静静地听完,以理智的口气,只问了一句:"那么,究竟是信物重要,还是索菲亚的性命重要?"

约瑟夫看着鲁道夫有力的眼神，它仿佛要穿透他的心灵，击碎他心底最软弱的那道防线。约瑟夫微微皱起了眉头，沉默不语。其实，他的内心一直交战着，他不想交出项链，可是，他太思念集中营里生死未卜的索菲亚了。如果，交出项链真的可以换回她，他又怎能不抓住这唯一的一线生机呢？

鲁道夫仔细的捕捉着约瑟夫的表情，不再多说一句话。他十分自信，他像一个猎人，已经接近猎物了。他小心谨慎，精密布局，苦等两年多，等的就是这一刻。所以，他一点也不着急。非但不急，他甚至还露出了一丝不易察觉的微笑。

当鲁道夫轻快地走出约瑟夫的修表店的时候，他万分兴奋，因为他鲁道夫就要成功了！他利落地挥舞着礼帽，脚步也禁不住亢奋起来。就在路过约瑟夫家门口的时候，他看见一个灰衣少年捧着一大束郁金香，正在轻轻敲门。这个青年好像有点眼熟，鲁道夫戴上了帽子……

春天温暖的阳光打在那少年的脸上，怒放的金黄色的郁金香捧在他的手中，却依然无法融化他浑身上下笼罩着的一股冷漠。擦肩而过的时候，鲁道夫透过压得低低的帽檐，又多瞥了他两眼。

巧的是，那少年也侧过了脸，冷冷地盯着鲁道夫看。鲁道夫摆出心情很好的样子，无所谓地耸了耸肩，甚至朝那少年微笑了一下,又伸手将帽檐压得更低,疾步离去。

拓正在门口发呆,门却打开了。"是你!你怎么来了?"瑞娜有些儿惊讶地同那少年打招呼。

那少年仍盯着鲁道夫离去的背影,站在原地发怔。

"拓?"瑞娜再次唤他。

拓惊醒过来,"哦"了一声,淡淡地说:"我来给你们送今年新开的郁金香。记得你在花园里曾大声喊过,这些花儿是你妈妈亲手种下的。我想你一定会喜欢的。"

"啊,谢谢你!"瑞娜惊喜地接过拓手中金黄灿烂的郁金香,一股熟悉的清香扑面而来,沁人心脾,熏人欲醉。

往常拓放下鲜花就会回去,但今天却有些异样,他吞吞吐吐的,有些欲言又止。

瑞娜一抬头,发现了端倪:"怎么了?你有话要对我说?"

拓看了看瑞娜,皱着眉,指了指鲁道夫远去的背影:"你们要小心那个人。他们正在执行一个阴谋,叫做'黑狼计划'。"

"啊?"瑞娜警惕地探出脑袋,看了看拓手指的方向:"你说那个人?那不是鲁道夫叔叔吗?他可是位名人啊。"

拓看着瑞娜将信将疑的表情:"根据我的推测,黑狼可能就是闯进来的不祥物——夺取财产的魔鬼。"

瑞娜惊愕极了:"你说什么?"

拓不再说话，凝视着瑞娜。

"……夺取财产的魔鬼？……"瑞娜喃喃地重复了一遍。

拓轻轻点了一下头，转身走了。

过了一会儿，米沙利满头大汗跑了进来，将脏兮兮的皮球一扔，使劲儿嗅了嗅："啊，好香啊！像妈妈身上的味道！"

哈默停在米沙利肩头，跟着叫道："好香！好香！"

瑞娜呆呆地将那一大束美丽的郁金香插入玻璃花瓶中："这是妈妈过去最爱的花。"

米沙利拿起水杯，咕嘟咕嘟喝了几大口，说："是那个不爱笑的拓哥哥送的吧？他来过几次，你都不在。他总是放下花就走了！"

瑞娜"哦"一声，将那束开得极好的郁金香理了理，插出了一个好看的造型。

"姐姐，你在想什么？"

瑞娜仿佛没有听见，自言自语嘀咕着："拓曾经救过我们，应该是个好人。我究竟应不应该相信他呢？"

"姐姐，你在说什么呀？"米沙利重又拿起皮球，"我出去玩啰！"

瑞娜目送着米沙利蹦蹦跳跳的背影，忽然想起刚才鲁道夫的背影……他穿大皮靴走路时大步流星、飒飒生风的样子……

她暗想:"真奇怪,鲁道夫叔叔说他从来没当过兵,可是走起路来,怎么像个军人似的?"

两天后,约瑟夫和鲁道夫一起来到摩西会堂。

在例行的祈祷之后,鲁道夫站到了讲坛上:"纳粹们要我们的财产,这对我们来说,是一个绝处逢生的机会。我们必须把财产交出去,这将改善被关押人们的生活,保证我们家人的生命。我是从那个地方逃出来的,我想我最有发言权,在那个地方所有的人被限制着自由,每个人都在祈求着一线生机,我想,可每个人最终等来的都是什么呢……"

台下的人们,专注地听着鲁道夫声情并茂的讲话。鲁道夫和斯维克、约瑟夫共患难的经历,人们早已有所耳闻。当然,因为越狱者的勇敢,同胞们对他钦佩有加,去年他就成为犹太团体的一位负责人。

"我已经交出了全部的财产,因此,我的弟弟妹妹马上就要放了出来,"停顿数秒后,鲁道夫作出了有力的总结,"你们怎么忍心让你们的家人长期呆在集中营里,面对恐怖呢?"

许多人的目光,不约而同转向了约瑟夫。

约瑟夫站了起来,清了清嗓子说道:"是的,我也准备交出我的所有财产了。我承认,我太思念我的妻子。"一个原本最坚决反对交出银行密码的人终于表态了……

人群一片哗然。

一个老者站起来了,"万一这是纳粹的阴谋呢?"

"是的,这可能是个阴谋。可是,我们还有更好的办法,能够救出我们的亲人吗?"约瑟夫停了一下,接着说:"我们都是从纳粹的魔爪下逃出来的,我们可以问问自己,这个世界上,还有什么东西比亲人的生命更重要,更宝贵?"

人群沉默了。大家都在继续想着一个问题。

人们对鲁道夫、约瑟夫的话都是深信不疑的,大多数人都准备交出自己的财产,但是,还有少数人仍然在踌躇不决。

"就算是阴谋、苦果,我也愿意去尝试一下。"约瑟夫像总结一样说完了最后的话,一屁股坐在凳子上。

台下的人,内心剧烈地交战着,就像几天前的约瑟夫一样。

这时讲台上的鲁道夫,默默地观察着人们的表情,一颗悬在喉咙口的心,终于不动声色地落了下去。

他暗暗得意,就要赢了!

十八、原形毕露

这实在是一个美丽的春天。毛茸茸的梧桐花絮随风飘忽着,聚聚散散,像无数无忧无虑的小精灵,在做着一个乐此不疲的游戏。瑞娜和米沙利脱下了厚厚的冬装,换上了春天的衣服。那带有民族特色的犹太服装,穿在孩子们的身上,是那样的得体,那样的相得益彰。走在街上,人们都要回头看这姐弟俩。此时,他们和其他孩子一样,享受着美妙的春天。是啊!还有谁能比孩子们更喜欢春天呢?

这天上午,虹口区某座别墅外的小弄堂里,成了孩子们嬉闹的天下。瑞娜在玩着跳格子的游戏,这是上个世纪孩子们在上海里弄里经常玩的一种游戏。阿根和米沙利在一旁丢沙包,比谁丢得远。米沙利人小力气小,丢了好几回,都输给了阿根。

"我偏不信!"不服输的米沙利,铆足了全身的劲儿丢出沙包。岂料这回用力太猛,沙包脱手而出,米沙利跟着转了好几个圈儿,等回过神来,沙包却不见了。

米沙利抬起头,踮着脚尖,用手指着身边那堵高墙,大叫着:"油饼哥哥,沙包飞过去了!"

阿根早瞧在眼里,嘻嘻一笑:"别急,看毛毛的!"阿根找来了一根长绳子,一头交给毛毛,只见毛毛三蹦两跳就窜到了树上,把绳子的一头系在了一根粗树杈子上,再把另一头甩了下来。

阿根麻利地顺着绳子爬上了树,骑在枝丫上,用手搭住墙沿,探过脑袋,小心翼翼地向墙内看了一眼。

这不看则已,一看,阿根大吃一惊,惊得差点从树杈子上滚下来。

他看到了什么呢?

原来,墙那边是一座小巧雅致的院落,靠墙一溜花坛,栽种着红的、粉的、白的花儿,树荫下,摆着一张小石桌,桌上是两只烫金的白瓷杯,正冒着袅袅的热气。瑞娜请阿根喝过咖啡,所以那杯子里的液体,他是熟悉的。但此时,认不认识咖啡已经不重要了。吓住了阿根的是,其中一个喝咖啡的人,阿根居然认识。

阿根傻愣愣地骑在树丫上,瞪着那两个喝着咖啡、相谈甚欢的人。正对着阿根的是一个德国军官,跷着二郎腿,双手枕在脑后,神情显得十分闲适。

让阿根惊讶的是,那德国军官对面坐着的人。那人竟然有着一头熟悉的灰白发……一时间,那人转过头来,"啊!鲁道夫叔叔!"没错,那人正是——鲁道夫!阿根看得分外清楚……

鲁道夫叔叔,怎么会和德国军官有联系呢?难道说他和德国纳粹是一伙的?

只见鲁道夫拿起小巧的银匙,在咖啡杯中搅了搅,端起杯子喝了一口,对那德国军官说了几句话。阿根支起耳朵,隐隐听到这样的字眼:"……即将到手……项链……配合我……"

那德国军官竖起大拇指,微笑着,不停点头。

阿根躲在树上,定了定神,后面的话虽听不大清楚,但是他心中已全明白了。

他悄悄地灵敏地滑下树,二话不说,拉起瑞娜就跑,米沙利紧跟在后面,喊着:"油饼哥哥怎么不玩了?我还没玩够呢!"

瑞娜说:"阿根,你干什么?"

阿根"嘘"的一声,脚下也不停顿。两人一口气跑出两条弄堂,阿根才停下来,气喘吁吁地将刚才见到的事儿说了。

"鲁道夫叔叔和纳粹是一伙的?"瑞娜瞪着阿根冒汗的脸,脸上露出不可思议的表情。

"嗯!一点没错!"阿根十分肯定地点了点头。

瑞娜突然回想起拓曾经说过的话,嘴里念叨着:"……黑狼……间谍……"

阿根莫名其妙:"什么?"

瑞娜急忙将拓的提醒告诉了阿根。

阿根呆住了,想了想,试着分析道:"难道,鲁道夫叔叔……是纳粹的同伙?"

"这样看来,肯定是……"瑞娜忽然跺起了脚,"昨天晚上,爸爸还说,明天上午我们这个社团组织的人就要把银行财产都交给鲁道夫……"停了一下,瑞娜又说:"我们家的银行密码也马上要交出去了。"

阿根大急:"快!我们马上去告诉约瑟夫叔叔!"

第二天下午,鲁道夫按约瑟夫所说的时间,准时来到修表店。约瑟夫十分冷静地摘下了戴在右眼上的放大镜,抬起头看了看这位他曾万分信任的"老朋友",他仔细地观察着鲁道夫的表情。不得不承认,对方是一位一流的演员,至少,他没有看出鲁道夫脸上有任何破绽。约瑟夫内心狠狠骂着:这真是一只纳粹的狼,一只阴险恶毒披着羊皮的狼!此时,他恨不得一口吃了这个坏蛋……

约瑟夫屏住气,不露声色,他要最后试一试这只"狼"。他慢悠悠地说:"沃伦斯基家族的银行账号的密码就在索菲亚的项链里,不过,我不知道密码是什么。"

鲁道夫神色一动,有些狐疑地问:"你不知道?"

约瑟夫重新又戴上了放大镜,低下头,一边修表,一边故意说:"这件事情,只有索菲亚才知道。"

只有索菲亚才知道?只有一个死人才知道?鲁道夫暗想着。

他随即转了一下眼珠,若无其事地问:"那条项链,你没有打开来仔细看过吗?"

"我当然看过,里面的确什么也没有,"约瑟夫再次摘下放大镜,摊摊手说,"这真是件蹊跷事。"

"那么……项链呢?"

约瑟夫摆弄着手中的零件,看了看鲁道夫:"项链一直戴在瑞娜身上,你知道,小姑娘这会儿可能在家里复习功课。"

鲁道夫心不在焉,随口应付了几声。他其实早已将目标锁定在瑞娜的身上了。

现在万事俱备,只欠东风。他最需要的,就是同伙的接应。他随便搭讪了几句,便离开了钟表店。

一出店门,鲁道夫立即拔出斯维克的钢笔,写了一张字条:"今晚六点,到江边来接我。"趁四下无人,悄悄把它塞在了修表店附近商店窗台的花盆下面。

现在的鲁道夫正像一只恶狼,似乎有点穷凶极恶了。

他一刻也不敢耽误,他要按照自己的计划实行最后的冲刺。

下午,他到面包房取出了事先定好的一篮面包,三步并做两步,赶到了瑞娜的家。他马上要面对索菲亚的女儿——瑞娜了,不知为什么,此时此刻他的心"呼呼"地跳着,难道我惧怕这个犹太女孩吗?她不是一个孩子,她代表的是一个家族,代表的是一个群体,代表的是……

先前他曾经有过成功骄傲的喜悦,但是现在突然间他感到了一种莫名的恐惧,两年多了,他今天能否成功呢?今天将出现最后的结论。

敲门声过后,瑞娜打开了门。"瑞娜,你爸爸太忙了,他让我把面包代他送来。"他高高地把面包举起来,高得挡住了他和瑞娜直视的视线,好像这样做他才不至于过于激动,好在面包很香,小姑娘垂涎的表情令鲁道夫平静下来。更令他兴奋的是,他居然那么清晰地看到小姑娘的脖子上堂堂正正地挂着一条闪闪发亮的蓝宝石项链,好像是要对他做展示似的。

啊！宝石项链,那不正是他梦寐以求的东西吗?

瑞娜不过是个小女孩,他没必要做出太多的防备,真是没必要太紧张,鲁道夫责备着自己。瑞娜那种纯真的表情,使他整个人都放松下来。他无法自控地卸下了佩戴已久的面具,贪婪地、肆无忌惮地盯着那条项链,仿佛它已是他的囊中之物。他已经迫不及待了,上前两步,笃定地开口:"瑞娜,你爸爸答应交出项链,你是知道的吧?"

瑞娜露出让鲁道夫难以琢磨的一种神情,静静地回答:"好像爸爸说过。"

鲁道夫:"马上交给我,你妈妈就有希望了。"

鲁道夫已经无法控制自己了,伸出右手就要摘取那串项链。

瑞娜毫不躲避,反而上前一步,用他意想不到的话,说道:"鲁道夫叔叔,这条项链并没有什么特别的,我如此爱惜它,只因为这是妈妈留给我的。妈妈跟我说过,看到项链就像看到她一样。既然你这么想得到它,你就拿去吧。请你看看项链里有没有你想要的东西?"

鲁道夫不可置信地看了看瑞娜,瑞娜真的把项链递了过去。

鲁道夫生怕她反悔,一把拿过项链,一时无法控制自己的面部表情,长久的计议,长久的忍耐,长久的压抑,长久的活动,几乎就是为了这一天,这一天终于到来了,鲁道夫极为狰狞地仰天大笑了起来:"哈哈,这个宝贝终于在我的手里了,沃伦斯基家族的财产终于拿到了!"

他后退了两步,这才打开了项链。他一眼就认出里面是索菲亚的照片,笑了笑:"嘿,长得真漂亮。"随后又暗自寻思道:"可惜我见到她的时候,她就已经是个丑陋的光头了。真可惜。"

瑞娜的眼中流露出满腔的愤怒,但她很快镇定地看着鲁道夫,咬了咬嘴唇,努力控制着自己的情绪。

鲁道夫得意地将项链的后盖打开,只见里面刻着一段五线谱:"这是什么?歌曲吗?"

瑞娜冷冰冰地说:"这是我妈妈最喜爱的一段曲子。"

鲁道夫开始觉得有点儿不对劲了。他拿着项链看了半天,这实在是一条极为美丽的蓝宝石项链,价值不菲,无可挑剔。不过,说到里面藏着账号密码,似乎?……

"瑞娜,告诉叔叔,这条项链里究竟有什么秘密?"

"项链是我外公送给我妈妈的生日礼物,能有什么秘密?"

鲁道夫冷笑着,对瑞娜说:"小姑娘,你一定知道!你要明白,你那亲爱的爸爸对帝国的反抗是徒劳的。难道你真的不知道,这条项链里隐藏着的密码,关系到你们家族的巨额财产?"

突然,门"砰"一声撞开了,约瑟夫和一群犹太兄弟冲了进来。

鲁道夫微微一愣,马上反应过来,立刻拔出枪指向瑞娜……

约瑟夫毫不畏惧地上前一步,直瞪瞪地看着这个眼前的"越狱英雄":"鲁道夫,你的戏演完了。真没有想到,你原来是一个纳粹魔鬼!"

鲁道夫微微一笑,对约瑟夫的怒吼不作理会。他举起项链,"叮"一声打开来,再次从容地欣赏起索菲亚的相片来。

"啧啧!这就是你妻子吧?你们都说她长得犹若天使。可惜,天使只留下了一头美丽的长发,红色的长发。"

约瑟夫的眼睛里几乎就要喷出火来:"混蛋!你们把索菲亚怎么了?"

"嘿嘿,怎么了?告诉你也无妨。我们编织了一条挂毯,其中最精华的部分就是用你亲爱的索菲亚的长发编织成的。我从没见过那么美丽的挂毯,堪称巧夺天工!"鲁道夫的眼睛里发出赞美的光芒,"只可惜,我们想要多看一眼都是不行。因为,那条罕见的挂毯,已作为礼品被梅辛格上校赠送给了山本大佐,哈哈哈……"

约瑟夫握紧了拳头,如果眼神可以杀人,鲁道夫一定早已被千刀万剐了。"你们这群饿狼!"约瑟夫怒骂着。稍一停顿,他问出了藏在心中许久的疑惑:"那么,斯维克呢?他也是你们的同伙?"他想起了热情奔放、充满活力的那个小伙子。

"斯维克?当我知道你是沃伦斯基家族的人的时候,当你亲眼看到了我的越狱壮举的时候,我就不需要这个人再为我证明了,"鲁道夫不屑地撇了撇嘴,"还有马诺,他是帮我完成任务的一个'道具',有了他,我的演出可以更真实一点。只可惜,死得早了点儿。我的运气太好了,非常幸运地在正确的时间和地点遇到了你,约瑟夫,真是再妙也没有了。"

约瑟夫满脸通红,浑身的热血似乎要燃烧起来:"禽兽!你们这些禽兽!为了达到你们的目的,你们不惜利用我们同胞的性命,你们是如此不择手段,令人不齿!你们拆散了我们的家庭,还想再夺走我们的财产,你们这些法西斯是不会得逞的!你们的丑陋行径统统会被钉在历史的耻辱柱上!"

"哈哈哈哈哈!耻辱柱?笑话!"鲁道夫拖着瑞娜步步后退,突然朝天开了一枪,趁众人大惊之际,紧夹着瑞娜倒退了两步,转身从二楼的窗口跳了出去。

就在落地的一瞬间,瑞娜机警地从四脚落地的鲁道夫的上衣下口袋里取出了宝石项链……

约瑟夫带领众人紧追其后。

鲁道夫挟持着瑞娜,磕磕绊绊,跑得并不利落,出了三条弄堂后,已被四面八方聚集而来的犹太人和中国人紧紧跟住。他回头一看,竟然全是怒目相视的人们。

鲁道夫一边后退,一边用枪口抵住瑞娜的头,大声威胁道:"约瑟夫,快把银行密码交出来,不然我就杀死她。"

众人紧张地看着瑞娜被鲁道夫粗壮的左胳膊紧勒着,那雪白的小脸已经变成了青紫色。一时之间,大家谁也不敢轻举妄动,只能眼睁睁看着小姑娘被胁迫着向黄浦江边退去。

众人亦步亦趋,紧追不舍。

鲁道夫逃到高高的江堤旁,心中一阵狂喜,他又看了看手表,此刻,接应他的人就应在下边了,只要他纵身一跳,到了船上,他就可以回去交差了!他警惕地瞄着追上来的众人,随后侧着身,低头一看,只见江水滚滚,没有看到船只。再向远处一望,江水茫茫,仍是没有任何船只……

鲁道夫怔住了。按照他们的计划,此时应有同伙来接应才对……妈的,怎么回事,难道他写的字条他们没有收到吗?鲁道夫在心里嘀咕着,直愣愣地望着追上来的约瑟夫。约瑟夫知道,这是一群要和纳粹拼命的犹太人。

此时的约瑟夫无比镇静,他怒视着鲁道夫,冷笑了一声,随后从兜里拿出了鲁道夫压在花盆底下的字条,说道:"阿根一直跟在你的后面,看到了你藏的字条。现在,你的那张字条在我手里,不会有人来接应你的。"

说罢,约瑟夫将手中的字条三下两下撕得粉碎。

直到这时,鲁道夫才意识到自己已是穷途末路了。他的手在哆嗦,是紧张又是胆怯。他知道,这些人和他不共戴天,甚至会吃掉他,因为,他们对他的仇恨是多么深!今天他鲁道夫,只有拼命了!

突然,他用枪死死地顶住了瑞娜的太阳穴,大喊着:"约瑟夫,你听着,你们如果不后退,我就把她推下去喂鱼!"

约瑟夫的面色变了。他知道,这个狂徒已被逼到了绝境,既已无路可逃,那还有什么事儿干不出来?

"慢着!"约瑟夫伸出手掌,高声激动地喊着,"放开瑞娜!"

"哈哈哈哈哈哈……"鲁道夫大笑着。

突然,他的笑声消失在风中,取而代之的是"哎哟"一声惊叫。原来,在这紧要关头,阿根拿出了弹弓,摸出了一粒又圆又硬的石子,拉足了皮筋,石子像子弹一样飞出,击中了鲁道夫握枪的右手。随着鲁道夫右手一抖,手枪飞了出去,又"扑通"一声落入水中。鲁道夫本能地瞄了一眼手枪掉落的方向,就是这一闪神,瑞娜趁机借势猛撞鲁道夫腋下,脱身跑了出来……

面对着人群,鲁道夫不由自主地后退着,竟一下子撞断了身后的栏杆,掉进了滔滔江水之中!

等约瑟夫和一群人冲上来了,倾身一看,此时正是江水涨潮,澎湃地浪头一浪接着一浪,只见鲁道夫的双手在水面上乱摆了几下,很快被汹涌的江水吞噬了……

江风吹拂着,送来一阵阵暖意。阿根陪着瑞娜和约瑟夫站在岸边,遥望着远方。身后的人们慢慢地散去了,刚才那有惊无险的一刻让所有的人都捏了一把汗,随之又感叹不已……

阿根随手拾起一颗小石子,拉满弹弓,眯起眼,弹向江中。

约瑟夫看了看阿根手里的弹弓,问:"阿根,刚才是不是你?"

"是的,约瑟夫叔叔,"阿根有点儿得意,"怎么样,准头还算可以吧?嘿嘿嘿嘿。"

"嗯,简直是神枪手。"约瑟夫感慨地说,"有你们大家的帮助,这些纳粹魔鬼的阴谋是永远不会得逞的。阿根,谢谢你。"他又伸出了大手,使劲拍了阿根两下,那是一种深深的、发自内心的赞许。

阿根这时突然想起了拓,他随口说道:"这也不是我一个人的功劳,我们还得谢谢另外一个人呢,就是我们的朋友拓!"

瑞娜也想起那个英俊的少年,低声说:"是的,真得谢谢他,幸好他及时提醒我们,我们才没有上坏人的当……"说着,瑞娜抬起了头,悲愤的眼泪扑簌簌直落下来:"只是……妈妈,可怜的妈妈……"

约瑟夫轻轻抱住了女儿,伸出手,替她把眼泪擦干。擦着擦着,他自己的眼角却慢慢湿润了。

瑞娜轻轻抬起头,问道:"爸爸,我们的密码到底在哪儿呢?"

约瑟夫将项链放到瑞娜手中:"你打开项链的后盖看看。"

瑞娜疑惑地说:"那里的确只有一段歌谱。"

"我的孩子,那是一段歌谱,但它也是银行密码。"

瑞娜怔了一下,恍然大悟,却又有些担心起来:"那万一真的被鲁道夫抢走了,怎么办?"

约瑟夫轻轻舒了一口气,他望了望天边。他想起了索菲亚波浪般的长发,想起了她温柔的笑脸和脉脉凝望他的眼神。她美好的模样就在天边,就在晚霞漫天处,似乎就在那里等待,等待和他们一起回家。

过了好一会儿,瑞娜听见父亲自言自语说道:"邪恶的人,是永远得不到我们家族的财产的。"

他的声音很低很低,但是瑞娜听到了。

后来,她才知道,外祖父还曾做过最后的嘱托:将所有的财产拿出来,捐献给慈善基金会。

十九、承　诺

1945年8月15日，一个多么不平常的夏日啊！

日本侵略军宣布无条件投降。中国的抗日战争终于胜利了！

全上海都沉浸在狂欢的海洋中，大街上，人们拉着庆祝抗战胜利的大红色横幅，欢天喜地，敲锣打鼓，唱着，跳着，吼着，真是比过年还高兴，还热闹！连报童的叫卖声都额外兴奋："卖报卖报！看日本无条件投降了！"人们冲到了街上，蹦啊，跳啊，唱啊，叫啊……眼泪在尽情地流着……为了这一天，多少人牺牲了生命！中华民族付出了多少代价！世界人民付出了多少代价！

那天，阿根早早回到家，大喊道："娘！娘！告诉你一个天大的好消息！电台已经广播了，日本投降了！"

正在灶间忙活的周妈妈举着锅铲跑出来，仿佛有些不可置信:"哎呀！这是真的吗？怪不得到处都在放鞭炮……"

"日本投降了！我们胜利了！"阿根拉着周妈妈的手,摇晃着,一迭声地重复着。

周妈妈顿时喜极而泣:"哎呀,这……这真是太好了,太好了！"

阿根眉飞色舞地说着:"现在全上海城都已经开始庆祝了,我也买了爆竹！"

"唉！总算盼到这一天了！"周妈妈擦了擦眼泪,欢喜得不知道说什么才好。

可是,笑着笑着,母子俩渐渐沉默了。妈妈又哭了,她用袖子擦了眼睛,此时,他们不约而同地想起了阿根的父亲,想起了周亮,还有千千万万为这一天牺牲的人们。

没过多久,人们就看到吃了败仗的日本兵,个个垂头丧气,耷拉着脑袋,灰溜溜地排着队坐上船离开了这块本就不该来、也永不会属于他们的土地。

唐山路的弄堂里,孩子们捡起地上的石子、泥块,一溜儿掷向在路边走着的贾三桂,嘴里大骂着:"大汉奸！""大坏蛋！""日本人的走狗！"……

贾三桂被孩子们的"利器"逼到了角落的垃圾堆里,眼镜早被砸得掉了下来,尽管拼命护着头,却仍不时被石子砸中。这个昔日威风凛凛、为虎作伥的歹人,此刻却狼狈地跳脚大叫着:"哎哟!哎哟!"

没有多久,贾三桂就以汉奸罪被抓进了监狱。

历史上做汉奸的,有几个有好下场?

那些日子里,街上一天到晚都响着烟花爆竹声。

瑞娜常常站在校园里,欣喜地看着学校门口点起的长长的爆竹,和同学们一起享受着胜利的喜悦。一天上午,有个女同学喊她:"瑞娜,有人在校门口找你。"

瑞娜走出了校门。她一眼就看见,在离爆竹和人群十数米远的花坛前,立着一个灰色的人影。她轻轻地走近,喊了一声:"拓。"

拓转过身来,微微地笑了一下:"我来看看你。"

"这真意外。"

"我是来跟你道别的。"

"哦?"

"我明天就要回国了。"

"哦……"瑞娜愣了一下。

"我爷爷来信了,他要我回去好好读书。"

"嗯。你真的要走了？非常感谢你过去对我们的帮助。"

"其实是我该谢谢你才对，是你让我学会了思考……"拓垂下了眼睑，踢了踢脚下的小石子，轻叹了口气，"思考这场战争……"

瑞娜理解地看着这个富有正义感的少年。她完全能够理解他的感受。

片刻，拓抬起头，看了看上海的天空："虽然我们战败了，但我却觉得很高兴。因为，这才是最好的结果。"

瑞娜想了想，真诚地说："拓，能有你这个朋友，我感到很高兴。"

"朋友？"拓惊讶地别转头，看着瑞娜，"你把我当朋友？"

瑞娜点点头。

拓的眼神一闪，闪过一丝难得的感动。"谢谢你，瑞娜，代我向那个中国朋友周阿根说声再见！"

拓转身走了，他的脚步是轻松的，带着一种解脱后的快乐。瑞娜目送着他离去。拓长高了，他迈出的步子也更加有力了，瑞娜一直看着他，良久良久，等他的身影消失在拐角处，瑞娜才背转身，轻声地自言自语说了一句："其实，我们也要离开了。"

天一黑，里弄里行走的人少了许多，但是阿根家却热闹了起来,原来约瑟夫带着家人来向阿根和周妈妈告别。

瑞娜轻声说着:"战争结束了,我们一家人也要回去了。"

阿根看着瑞娜,一股说不出的失落涌上心头。难道,这就要分别了吗?仿佛,外面还飘着冰冷的雪,仿佛,他还站在锅前炸着油饼,仿佛,他们在阁楼顶仰望着星空……他很想说一些挽留的话,可是,他知道回到家乡寻找妈妈,过上和平、安宁的生活,是瑞娜一家最大的心愿,他又怎么能留住他们呢?他又想,我得说句祝福的话,可他的喉咙似乎被什么东西堵住了,只能强忍住泪水,却说不出一个字。

约瑟夫张开了双臂,阿根扑过去,憋了半天的眼泪,哗啦啦地流了下来。师徒二人紧紧拥抱在一起。

"阿根,修表店留给你,你已经学了几年了,我相信你能胜任。"

"约瑟夫叔叔,我舍不得你们……"周阿根说完后"呜呜……"地哭了起来,他哭得好伤心。

"我的孩子……你们真的要离开了吗?"周妈妈哽咽着搂过了瑞娜和米沙利,依依不舍地来回摸着米沙利的头,"六年了,米沙利长大了。"

过了一会,周妈妈转过身,偷偷擦了擦眼角,站了起来,从柜子里拿出一件连夜赶制的蓝色对襟中式小褂,交给约瑟夫说:"船上可能冷,给孩子穿上。"她说不下去了,又在流泪了。

米沙利伸出手,替周妈妈擦干了泪水:"周妈妈,油饼哥哥,你们别伤心,米沙利会想你们的。"

阿根一听,哭得更加伤心了:"米沙利,我们也会想你的。"

旺财慢腾腾走上前,伸出舌头,温柔地舔着米沙利的小脸,表达着它的恋恋不舍。米沙利抱住了它,把头埋在它的脖子里。一旁的毛毛和哈默也蹭了过来,三只小动物呜咽着,和小男孩紧紧拥抱在一起。

这是两家人的最后一次团聚。尽管胜利了,但是胜利的喜悦却和离别的痛楚交织在一起。大家都没有太多的话,所有人的眼眶,都是湿漉漉的。

吃过晚饭,星月当空,阿根和瑞娜最后一次爬上了石库门的屋顶。记忆中,也是这样的夏日,他们曾坐在这里,看过无数次的星星,说过无数次的知心话。在患难与共的时光里,这曾是他们简简单单的快乐,今后是再也不会有了……

阿根伤感极了:"瑞娜,你还会回来看我们吗?"

瑞娜点点头:"会的,一定会的。"

阿根鼻子一酸,说道:"一定要来呀。"

瑞娜流泪了。她的情绪十分复杂,她觉得既欢喜,又难过。欢喜的是,终于熬过了漫漫长夜,迎来了黎明的曙光;难过的是,他们一家就要离开了,离开如此可爱的上海,离开如此可爱的朋友……她哭着,握住了阿根的手,说:"我们一定会回来的!"

那天晚上,弄堂里相熟的邻居听说瑞娜一家要走了,纷纷赶来相送。他们围着瑞娜一家,亲切地寒暄着,人们要把最真诚、最美好的祝福送给这个历尽苦难的异国家庭。

离别的日子还是到来了。

那一天,公平路码头人山人海,攒动的送行人群里,多数都是"老上海"。停着的巨型客轮就要开了,整船几乎都是犹太人,他们和全世界享受二次大战胜利成果的人们一样,身心彻底地解脱了。其实,自从盟军和苏联红军在莱茵河会师的那天起,他们就开始暗暗沉浸胜利前的喜悦之中。但是,他们欢喜的背后也含着多少忧伤,这场战争给犹太人带来的灾难是多么的深重,他们又如何能够忘记呢?

瑞娜帮约瑟夫把那沉重的大行李箱安顿在舱位旁边。人太多了,客轮的舱房有限,他们这个房间里安排了六个人,非常拥挤。尽管大家的身上冒着一股浓郁的汗味,实在不太好闻,但是这一切都挡不住大家即将回家的喜悦。是喜悦吗?是喜悦,却也含着忧愁! 一别多年,不知道他们家乡的亲人们今天怎样了？不管怎样，他们一定要回去，去寻找自己的亲人！

安顿好行李以后，瑞娜坐在床铺的一角，紧紧地抱着她的小提琴。米沙利则在旁边翻阅着小人书，忽然他停住了，拿着书走到了瑞娜跟前，问："那么多的中国叔叔阿姨来送我们，怎么没看到油饼哥哥来呢？"

"是啊，阿根怎么没来呢？不是说好了今天一定来的吗？"瑞娜惦记着，她抱起了琴，不快地向甲板走去。约瑟夫早就站在甲板上了，他和一群朋友不断地向送别的人挥着手。瑞娜很少看到父亲这样激动。是的，父亲怎么能不激动呢？在这块曾经收留了他们的土地上，他们一家人经历了多么不平凡的故事啊！他们坚信妈妈还活着，她在等着他们呢，如果见到了妈妈，她一定会把这里的故事告诉妈妈，她最想告诉妈妈的是："在上海，有一群那么关心我们的朋友们！特别是有一个可爱的周阿根！"

想到这里，瑞娜挤开甲板上的人群，踮起了脚尖，向人山人海的码头望去："阿根啊，阿根，你在哪……"

熙熙攘攘的码头上人头攒动，无数的摊贩穿梭在送行的人群中，大声叫卖着花生、糖果，还有从平时老城隍庙里可以看到的一堆一堆的各种"吉祥物"……但是，哪里能看见阿根的踪影呢？

瑞娜不知道的是,此时的阿根,正在心急火燎地拨开拥挤的人群向大船跑来。他跑得满头大汗,气喘吁吁。昨天的情景还历历在目,约瑟夫拍着他的肩膀,低声地说:"阿根啊,你就像我的亲儿子一样,这个表店我就交给你了,你要相信自己能修好任何表!只要你做事细心一点,认真一点,一定会让我们的客人满意的。"阿根抬起了头,他看到约瑟夫正宁静地注视着自己,他的眼神是那么的深沉。阿根没有说话,就要离别了,他真不知道说什么好。他知道,约瑟夫是一个意志坚强的人。可是,他清楚地看到,那一刻,约瑟夫流泪了。他知道,这几年来,他们一起经历的故事,是那么的与众不同,惊心动魄。他成长了,成熟了,也学会了许多许多。他不仅会修表了,还能用希伯来语对话了,更重要的是,他们在一起共同坚强过……

此时此刻,阿根拼命地拨开人群向前挤着。他看见即将起航的庞大客轮停靠在黄浦江边,即将归国的犹太人不约而同的都站在甲板上……

众多前来码头送行的人们,人山人海,船上船下的人互相挥着手,大声喊着:"一路顺风!""多保重!"

他挤着,挤着,心里不由得有些着急起来。他来晚了,那是因为昨天一个客人送来了一块金表,他答应今天下午修好,谁知发条实在老得……为了它,他整夜没睡。约瑟夫曾教过他:

"答应客人的事情,一定要说到做到。"一个小时前,他总算把这块表修好了,但是他来晚了……

"呜——"汽笛响起,船,就要开了。

阿根大声喊着:"请让一让!请让一让!"他的小脑袋左右晃动着,使劲儿顶开人群,心里懊恼地想着,若不是那个客人今天下午要来取表,我怎么也不会迟到……当时要是承诺客人晚一天交付就好了。

终于挤到轮船边上了,可那穿着整齐制服的船员客气地挡着他说:"对不起,你不能上船。"

"可是,可是我的朋友,我一定要再见她一下,"阿根急得想哭了,大喊起来:"瑞娜!等等我!"

阿根拼命地往前挤着,试图冲上船去。

船员阻止了他,并加重了语气:"对不起,你不能上去!"

阿根大急:"我只想和我的朋友说声再见,求您让我上去吧。"

"船马上就要开了。"船员礼貌地说完,走上了舷梯。

舷梯就这么撤了,汽笛就这么响了,船缓缓启动了。那"呜——呜——"的起航声,是在向上海作着最后的告别。阿根着急地望着巨大的船身缓缓离开码头,每一声离别的汽笛都刺痛着他。想到瑞娜一家就在船上而不能相见,想到以后可能再也见不到瑞娜,一股巨大的悲伤涌上心头,他不由得大哭了起来,他哭得那么伤心,那么无助。他一边哭一边跑,他好像很久没有这么大哭过,是的,仅有两次,那是爸爸牺牲的时候,那是舅舅牺牲的时候……

此时,他又哭了。他一边跑,一边哭,一边仰头看着那高高的船舷,他只看见一双双手伸出来,在空中飞舞着,像是翅膀一样。啊,那是要远飞的海鸥,那是要远飞的鹰……他多么想也长出翅膀来,飞到瑞娜跟前,向她作最后的道别。可是,船正载着她缓缓离开。他真不知怎样才能到她的旁边,紧紧地握着她的手,还有那米沙利弟弟,他们一定也急坏了……

"瑞娜——瑞娜——"阿根哭喊着,拼命挥动着双手。

终于,他跑到了岸的尽头,跑到了他们经常坐着,促膝谈心的台阶旁。前面,就是滚滚的黄浦江了,已经没有路了。眼前的船,已经彻底离了岸,就要驶向大洋,驶到她的家乡去了。再相见,又不知是何年何月?

"瑞娜!"阿根流下了伤心欲绝的眼泪。

忽然,阿根止住了哭泣,只觉得周围越来越响的哭声逐渐掩盖了他的哭声,他看到很多送别的人,那些他熟悉的中国人,也在挥着手,他们都哭了,他们都在送别自己患难中的亲友。

恍恍惚惚之间,他听到船上隐隐约约飘来一阵琴声。那琴声是那么的熟悉,它曾经帮助人们幻想过保卫生命,幻想过保卫财产,幻想过无限的未来……

"啊,提琴,小提琴的声音!"阿根听出来了,那是瑞娜在拉琴,"啊……瑞娜,我听到你的声音了!"

阿根屏息凝神,仔细地捕捉着每一个音符。那琴声越来越温柔,越来越婉转,越来越深沉,喜悦与悲伤缠绵交错着,牢牢地吸引了阿根。人群熙熙攘攘的嘈杂声渐渐消失了,大地从来没有这样沉静过,好像也屏住了呼吸在静听,一切都在静听,静听这从来没有过的天籁之音。那是风雪交加,那是昼夜交替,那是生死之搏,那是一切翻转轮回之后胜利的哭泣和幻想。那声音在飘转着,抖动着,那颤动的力量似要把人们拔起,又轻轻放下。

人们情不自禁地用眼神去搜寻那天籁般的琴声的源头。很快,他们就看到了一个如天使般柔美恬静的女孩,正站在船头,微微地闭着眼,忘我地奏出了琴声。那女孩儿一头火红的长发正迎着江风狂舞着,如同一幅摄人心魄的画。是的,她要把这最后的声音,献给阿根,献给岸上送别的人们,献给亲爱的上海。

甲板上的犹太人,都转过了头,惊喜地凝视着拉琴的犹太女孩。

"好美的琴声,好美的女孩啊……"船上、岸上的人们纷纷惊叹着。

忽然,岸上有一个人止不住地大喊起来:"一定要回来啊,一定要回来!"一瞬间,所有的人都大喊起来:"一定要回来啊,一定要回来!"

阿根眼泪汪汪地摊开了手掌。约瑟夫送给自己的怀表,他一直紧紧握着。他看了看它,向着那个女孩的方向,也跟着人们一起大声呼喊着:"一定要回来啊,一定要回来!"

船去得远了,岸上人已听不清船上人的回答,但是一个强大的共鸣声在大家耳边响起:

"会的,会的!我们一定会回来的!"

"上帝可以见证!"

二十、尾　声

21 世纪初。上海。

浦东国际机场,这座亚洲最现代化的国际机场,此时已沉静在夜色当中。欧洲建筑设计师的卓越设计在这座建筑中尽显风采。它不仅具有庞大的形体和前卫的支撑结构,巨大的水景更像镜面一样衬托着候机大楼宫殿般雄伟的身影,以及它周身散发出来的美轮美奂的灯光……一架架忙着起飞和降落的飞机,在交替地运行着,为这座美丽的城市,输送着永不泯灭的青春活力。

出发口的自动感应门打开了,两位耄耋老人相互搀扶着走进了大厅。他们各自眯着眼睛打量着周围,与其说在欣赏着这像丰碑一样的建筑的内部。倒不如说在掩饰内心分手时的那种不安和不舍……

此时此刻,他们的心情都是那样的不平静。

"瑞娜要走了,她什么时候能够再来呢?"阿根在问着自己。

"真舍不得走啊!这里是永远不能忘记的地方。"瑞娜心想着。

最后,还是阿根先说话了:"六十年前,分别时我没能送你,想不到今天能在这里送你。"

瑞娜的眼睛湿润了。她知道,这个世界上有一种情,一经来到,便永远不会走;有一种义,一经来到,便会越来越浓。岁月会促使它发酵,经历越久,芳香越陈。

"六十年了,我们全家从来没有忘记过你们。我们走了很多国家,去了很多地方,但一直带着对上海深深的感情,这里有我和米沙利的童年,有我们全家的爱,有我们做过无数次的梦……"瑞娜絮絮叨地用中文说着。她没有变,还是那样的宁静,而且伴随着岁月的沉淀,这份宁静更加深厚了……

墙上的电子显示屏显示"22:00",离起飞的时间不远了,瑞娜把手伸进了皮包,拿出了一串亮晶晶的东西。光芒一闪,阿根已经感觉到了,那是项链,那根曾经连接过他们命运的蓝宝石项链。曾经,他将它小心地珍藏在贴身的衣兜内,曾经,他每天都要里里外外把它看上好几遍,曾经,他守护它如同守护一个郑重的诺言。

时隔六十年之后,它又出现在他的面前。

"拿着吧,送给你做个纪念。"瑞娜把它放到他的手心里,并握住了他的手……

"可惜我没有葱油饼了。"阿根说道。

他们都笑了。

飞机轰鸣着起飞了。

阿根一手紧握着项链,另一只手摸着玻璃幕墙。他望着窗外夜空中那闪烁着彩色灯光的巨型客机不断地攀升、攀升……

心中一次再一次的默默祝愿:世界会更美好!

图书在版编目（CIP）数据

犹太女孩在上海/吴林著.-上海：上海文艺出版社.2012.10
ISBN 978-7-5321-4619-2
Ⅰ.①犹… Ⅱ.①吴… Ⅲ.①长篇小说-中国-当代
Ⅳ.①I247.5
中国版本图书馆CIP数据核字（2012）第222816号

责任编辑：秦　静
封面设计：钱　祯
封面插图：姚光华

犹太女孩在上海
吴　林　著

上海文艺出版社出版、发行

上海绍兴路74号
新华书店经销　上海交大印务有限公司印刷
开本890×1240　1/32　印张8.875　插页2　字数140,000
2012年10月第1版　2012年10月第1次印刷
ISBN 978-7-5321-4619-2/I·3597　　定价：29.00元

告读者　如发现本书有质量问题请与印刷厂质量科联系
T：021-54742977